コロナとバカ

ビートたけし
Beat Takeshi

小学館新書

はじめに

2年前、世界がここまでガラリと変わるなんて、誰も想像できなかったはずだ。

もしもタイムマシーンで2019年に戻って、

「新型のウイルスのせいで会社や学校に行けない毎日がやってくる」

「外国に行くこともできなければ、外国からの旅行者も来られなくなって、ニッポンが鎖国状態になる」

「2020年の東京五輪は延期になるから、必死になってチケットなんて取らないほうがいいぞ」

なんて話したって、誰もロクに信じやしないだろう。

「今頃、ノストラダムスの大予言にでもかぶれたか」って、鼻で笑われちまうのがオチかもしれない。

だけど、これはすべて2020年に本当に起こった話だ。それくらい、コロナは日常を一変させた。


新型コロナウイルスをめぐる状況は刻一刻と変化している。第2波、第3波に続いて、この本が出る頃には第4波や第5波までニッポンを襲っているかもしれない。

そんな状況だから、オイラみたいな素人が最新のコロナ関連のニュースを論じたり、どこかの哲学者や医学博士、経済学者がやってるみたいに「コロナ後の世界」を予測したとしてもほとんど意味はないだろう。

ただ、オイラにひとつだけ言えるのは、コロナという危機が、ニッポン人が元々抱えていた「ヤバさ」をハッキリ浮き彫りにしたということだ。


細かいことは後で色々話すけど、一番ガッカリしたのは「喉元過ぎれば熱さを忘れる」ということわざを地で行くような節操のなさだ。

緊急事態宣言が出たばっかりの頃は、「家から一歩も出るな」「学校も全部休みだ」と、極端なくらい警戒しまくってた。そのくせ、宣言が解除されたらすぐに「日本モデルを誇ろう」「今度は経済を回す番だ」といきなり浮かれ始めた。

まだワクチンが世界中に行き渡ったわけではないし、ヨーロッパや南米、アフリカなんかではジャンジャン感染拡大が進んでいる。こうしている間にも世界じゃコロナで次々と人が死んでいるのに、「ウチの国だけは大丈夫だ、胸を張れ」って喜んでちゃマズいだろって。

世の中が平和なときは、「国際貢献を」「グローバルな視点を」とか言ってやがるのに、いざ危機になったらテメエのことしか考えてないわけだ。

で、またコロナの感染が拡大し始めたらいきなりオロオロし始める。一体何がやりたいんだって話でさ。

よくよく考えれば、コロナの前からニッポン人のそういう傾向はいろんなところに見え隠れしていた。

世界各地で戦争やテロが起こっていても、自分たちが当事者にならなければつらい思いをしている人たちのことは想像できない。「ああ、ニッポンに生まれて幸せだよな〜」なんて、まるで対岸の火事だ。最近は、よその国のことにすら興味がなくなったのか、みんな国際ニュースなんて見向きもしないで、どうでもいいチンケなタレントの不倫やスキャンダルの話題ばかり追っかけている。

よくニッポン人を評して「平和ボケ」と言うけれど、ここまで来たかという感じだ。これじゃあ、お盆が来るたびに「先の戦争の教訓を忘れるな」と言ったって、誰も本気にしちゃあいないだろう。

今回のコロナ禍で、オイラがとくに堪《こた》えたのは志村けんちゃんが亡くなってしまったことだ。おそらくけんちゃんは、今のニッポンで受けられる最先端の治療を施されたはずだ。にもかかわらず、同世代の尊敬するコメディアンは簡単に逝ってしまった。

「人間はまだ新型コロナには敵わない」というシンプルな現実が、こんなにわかりやすい形で示されたのに、なんでみんな簡単に油断して浮かれることができてしまうのかオイラには理解できない。

振り返れば、人類の歴史はペストだったり、コレラだったり、スペイン風邪だったり、疫病との戦いの連続だよ。そういう教訓から学べないんなら、どこかでしっぺ返しを食っても仕方がないだろう。


ただし、問題なのはすぐに油断したり、「自分だけは大丈夫だ」と根拠のない自信を持って振る舞うヤツばかりじゃない。その逆サイドにもバカはいる。

流行の言葉で言えば、「自粛警察」というヤツラがそれだ。

自粛期間中は、夜間営業しているスナックや居酒屋なんかに勝手に誹謗中傷の貼り紙をしたり、SNSにそういう店の罵詈雑言を書いてつるし上げにするなんてニュースがあふれていた。それだけじゃ飽き足りず、自治体や警察に通報するヤツまで現れた。

他にも、公園で遊ぶ子供に嫌がらせをしたり、県外のナンバーをつけた車を監視したり、東京から子供たちが里帰りしてきた家にクレームをつけたり……。ちょっと常軌を逸していた。

田舎では、コロナに感染した人が近所の冷たい目に晒されて、引っ越しせざるを得なくなったという話まであると聞く。

まるで戦時中の「隣組」さながらの監視社会が、コロナひとつですぐに復活してしまったわけだ。

もちろんコロナは怖いけれど、ただむやみやたらに恐れていても仕方がないし、感染者を責めたって意味のないことだ。そんな当たり前の常識ですら、このニッポンでは通用しなくなっている。

この本では、コロナをきっかけに炙り出された「バカ」たちの話をしていく。このところ、政治の世界も、経済の世界も、芸能界だって首を傾げることだらけだからね。

そして、志村けんちゃんや、いろんな大事な人との別れによって、オイラの心の中に生まれた「小さな変化」についても語りたい。

なんだかちょっとマジメな話を始めてしまった。

とはいっても堅苦しい話ばかりになるのは気が引けるんで、いつものヒンシュクものの毒舌や、くだらない下ネタも挟み込んでいこうと思う。

それでも「ふざけた話は必要ない」なんて怒っちゃやダメだぜ、いい大人が芸人の話にいちいちピリピリしちゃあいけない。ただでさえ、そういうゆとりのなさがニッポン中に蔓延しておかしなことになってるんだからさ。

前口上はこのへんで十分か。それじゃあひとつ、お付き合いをヨロシク頼むぜ。

コロナとバカ　目次

第1章

コロナが炙り出した「ニッポンのバカ」

「死ぬことなんて怖くない」オイラがリモート出演を決めたワケ

うつされるより、うつすほうがつらい

オイラは常々、「死ぬことなんて怖くない」と繰り返してきた。

1994年に起こしたバイク事故で生死をさまよって、もう一度死んだようなもんだと思ってる。だからその後の人生は、「生きてるだけで儲けもの」みたいなところがある。

顔面に麻痺が残った状態で世間に出てきたときは周りも驚いたようだし、中には「たけしは終わった」みたいに陰口を叩くヤツもいた。だけど、その後のことはご存じの通りだ。

あれからの〝余生〟で、やりたいことは大体やったよ。それなりに満足できる映画も作っ

たし、アートや小説にも手を出して、愉快にやれてる。だから今も「いつ死んだっていい」と心から思っている。このところは、同世代で一時代を築いた人たちがドンドン天国に行ってるからなおさらだ。

いつもそんなことを言ってるオイラが、このコロナ禍じゃテレビ出演の多くを「リモート」に切り替えた。たとえば『ニュースキャスター』（TBS系）じゃ、アナウンサーの安住（紳一郎）の隣にモニターのパネルを立てて、そこで遠い場所にいるオイラを映す。この番組に限らず、いろんなニュースやワイドショーでよく見た光景だ。

その様子を見て、「なんだよ、たけしも結局は怖がってるんじゃないか」と思った人もいるかもしれない。まァ、感染しないに越したことはないのは当然だけど、決断の本質はそこじゃないんだよな。

もちろん、テレビの現場が「たけしをコロナに感染させてはいけない」と気を遣ってくれていたのは痛いほど感じたよ。ただ、オイラがリモート出演を決めたのは、自分が感染するのを怖れたというより、「他人にうつしてしまうのがつらい」という気持ちが大きかったからだった。

最近ではだいぶ改善してきたようだけど、ＰＣＲ検査は長いこと、感染が濃厚だと疑われたり症状が進んでいないと受けられなかった。抗体検査や抗原検査を受けるのだって簡単じゃなかった。検査態勢が充実するのを待っていたんじゃ始まらない。だったら「自分は陽性なんだ」という前提で考えたほうがシンプルだろってことでね。

「予防」の拒否は「自分らしさ」じゃない

男も70歳を過ぎれば、好き勝手生きていいと思う。多少は憎まれ口でも叩いて、「うるせえ偏屈ジジイだ」と思われているほうが健全だ。

オイラは前から「男は歳を取ったら、嫌われ者でちょうどいい」と不良老人になることを勧めてきた。品行方正に生きていたって、死んだら忘れられるだけ。だったら、周りを少々引っかき回したって、思い切って生きたほうがいい。

だけど今回は、人間が克服できていない新型のウイルスが相手だ。そうなれば、ゼンゼン違う話になってくる。

「マスクをする」「手洗い・うがいを心がける」「密な状況を避ける」——こんな簡単なことだけ徹底すれば、あらかた感染リスクは減ることがわかっている。だったら、長く生きてきて分別のある人間は、それなりの対応をしなきゃダメだ。

別にマスクや手洗いをしたり、体温をマメに測ることで、「思い切った生き方」ができなくなるわけじゃない。毎度うっとうしいという気持ちはよくわかるけれど、そのくらいの予防策に応じないのはただの怠慢でしかないだろう。

「俺はマスクをしない主義だ」と主張して、公共の場で騒ぎを起こすようなヤツもいるけれど、そんなもん「自分らしさ」とは言わない。

「自分が迷惑をかけられても他人を責めたりしないけれど、自分が他人に迷惑をかけることだけは避ける」——誰かに注意されたり、世間の目を気にしてやるというより、それが自由に生きるための最低限の社会へのマナーになってきてるんだよな。

安倍前首相も昭恵夫人も「国民のレベル」を反映していた。あの「甘さ」こそ、ニッポン人の象徴だ。

「トコトン運が良かった安倍政権」という不幸

オイラみたいな単なる芸人だってそれなりにシビアにコロナ対策を考えているのに、社会に向けて率先して「ウイルスと戦う姿勢」を見せなきゃいけない立場の人間が、甘くて仕方がないのには笑えた。

とくに呆れたのは、安倍（晋三）前首相のカミさんの昭恵さんだよ。

花見自粛要請の頃に、ジャニーズタレントやらモデルやらと桜の前で撮った〝私的桜を見る会〟の記念写真を流出させたり、自粛ムードの最中に九州・大分へ大挙して旅行していたのがバレたりしてさ。一体何を考えているのかゼンゼンわからない。ツッコミどころ満載で、まるでこの頃流行の「炎上系ＹｏｕＴｕｂｅｒ」みたいじゃないかってさ。

〝私的桜を見る会〟を国会で野党に追及された安倍首相（当時）は、「まだ花見自粛要請する前だった」「あれはレストランの敷地内」って反論してたけど、論点がまるでズレてるよ。

なんであんな状況でカミさんを援護しちまうんだろ。こんなもん、「バカな家内ですみません。二度とこんなことがないように強く叱っておく」で終わりだよ。一体何に気を遣っていたんだろうね。

カミさんにも「当たり前の配慮をしろ」と強く言えないような人が、ニッポンの社会全体に自粛を呼びかけてたんだから、まるでブラックジョークみたいな話でさ。

辞任で国民はすっかり「免罪」しちゃったようだけど、安倍首相はいろいろやらかしたもんだよな。で、皮肉な言い方だけど、本当に運がいい。

モリカケ問題やら、「桜を見る会」やら、政権が終わってもおかしくないスキャンダルがジャンジャン出てきたのに、新型コロナの蔓延でそれどころじゃなくなった。いよいよヤバイというタイミングでいつも災害やらウイルスやら別のもっと大きな問題が起こって、なんとか延命という繰り返しなんだよな。

政権にとっちゃ運が良かったのかもしれないけど、国民にとっちゃこれほど不幸なことはないぜ。こんな世界的なピンチを、疑惑だらけの政権に託すしかなかったんだからね。

「死人に鞭打つな」は政治には当てはまらない

しかし、あの給食当番みたいな「アベノマスク」を何百億円もかけて配るようなバカなことをした総理大臣なのに、辞意を表明したら支持率が「爆上げ」したというのも驚いた。辞めるとなった途端、その前の調査から20ポイント以上も上がって56・9％という高支持率になったんだよな。安倍さんのお友達ジャーナリストの中には「安倍政権への正当な評価だ」と言ってるのもいたけど、実際のところは餞別代わりに「支持する」と答えただけだろう。

一体ニッポン人ってのはどこまでお人好しなんだ？　この国じゃ昔から「死人に鞭打つ

ようなことはするな」って文化があるけど、こと政治の問題に関して、キチンと検証しないまま全部美談にしちまうっていうのは、ただのマヌケでしかない。

松下電器産業（現パナソニック）の創業者の松下幸之助はかつてこう語ったらしい。

「国民が政治を嘲笑しているあいだは嘲笑に値する政治しか行われない」

「民主主義国家においては、国民はその程度に応じた政府しか持ちえない」

今の時代に置き換えてもシックリくる言葉だよな。

まさに安倍政権というのは、今のニッポン人にちょうどいいレベルだったのかもしれないぜ。

パンケーキとアニメにすり寄る菅首相は、スケールの小ささも言語感覚も絶望的だ。

「国民のために働く内閣」の矛盾

その安倍さんに代わって総理大臣になった菅（義偉）さんのほうも、これまでを見る限り大したことはできなさそうだよな。

まず、言葉のセンスがまるでダメだよね。

いきなり「国民のために働く内閣」ってスローガンを掲げたのには笑っちゃったよ。それじゃあ、まるで安倍政権が「国民のため」じゃなく、「自分のため」に働いていたってバラしちまったみたいなもんじゃないの。

「いえいえ、前の政権も国民のために働いてましたよ」って言うんなら、「じゃあ前と何も変わってないじゃねェか」ってオチでさ。どっちにしろテキトーに考えたのがバレバレだよ。

菅内閣の閣僚のメンツも、まるで寂れた地方の商店街のジジイ店主の寄り合いみたいでパッとしないしさ。まァ、そもそも菅さん自体が電器屋のオヤジみたいな風貌だから仕方がないんだけどさ。

総理大臣がトレンドに敏感なのは情けない

菅さんは酒がほとんど飲めないけど、パンケーキが大好きなんだって？

オイラは何のことかよくわからなかったけど、大流行した『鬼滅の刃』ってマンガのセリフを引用して、国会で「全集中の呼吸で」なんて答弁してたこともあったよな。

「令和おじさん」として人気が出たのはまだいいとして、「かわいいおじさん」ぶるのはいい加減にしといたほうがいいんじゃないの？

庶民派として好感を持たれようという狙いかもしれないけど、自分から「私は小物です」ってアピールしてるみたいで、安っぽく感じちゃうんだよな。
たとえば、田中角栄が「アタクシ、スイーツが大好きなんで」とか「あのマンガ、全巻読んで泣きました」なんて絶対言わない。良くも悪くも本当の大物は、そんなやり方で国民にすり寄ろうなんて考えないよ。

安倍さんだって似たようなもんだったけどね。外出自粛の中、星野源ってミュージシャンが「うちで踊ろう」って動画を配信して、いろんな人がそれにコラボして話題になったんだけど、安倍さんもコレに乗っかってさ。

星野源の音楽に合わせて、優雅に自宅でくつろいでる姿をアップしちゃったもんだから「何様のつもりだ」「国民感情をわかってない」とブーイングの嵐になっちまったというね。

アーティストがこういう活動をするのは面白くていいと思うんだけど、一国の宰相がそれに便乗してどうするんだっての。

そもそも総理大臣が「若者に人気のタレント」とか「トレンド」みたいなものに敏感である必要はまるでない。

「若いヤツはこういうの好きなんだろ？」ってすぐ流行にすり寄ろうとする魂胆が見え見えなんだよな。だから「桜を見る会」にもポッと出のアイドルとか芸人を呼んじゃうしね。

まァ、オイラを含めて「ニッポンの政治家はスケールが小さくなった」って文句を言ってばっかりだけど、もしかしたらそれは「平和」の裏返しなのかもしれないね。

そもそも「国のトップが目立つ時代」なんてのはロクなもんじゃない。世の中が不穏な空気に包まれてて、「何か変えなきゃいけない」という時代の要請があるから、指導者が注目されたり大物扱いされるわけで、何事もない平和な時代なら誰も気に留めないわけでさ。

「あの頃の総理大臣って、一体誰だったっけ？」って時代のほうが、実は後から振り返れば素晴らしいのかもしれないぜ。

「GoToイート」で小銭を稼ぐヤツがいる限り、政治家は永遠に庶民を舐め続ける。

ニッポン人が忘れた「みっともない」の感覚

だけど、菅さんが小物なら、国民のほうも負けず劣らずだよ。新型コロナで大打撃を受けた飲食業界や旅行業界を支援するために「ＧｏＴｏキャンペーン」ってのが始まったわけだけど、それに乗じてあっちこっちで「少しでも儲けよう」って話が出回ってさ。

とくに「ＧｏＴｏイート」を利用した錬金術ってのは、本当に情けない話だったね。

オンライン予約でもらえる１０００ポイントのために、激安チェーンの「鳥貴族」を予約して、２９８円のメニュー一品だけを頼んで差額を儲けて喜んでるヤツラがウジャウジャ出てきたっていうんだけどさ。この錬金術が世間に知れ回って、慌ててこのやり口は禁止にされたんだよな。

そういう抜け道に事前に気がつかない役人や政治家もマヌケだけど、そこまでして数百円を稼ごうっていう性根にも呆れちゃうよ。

今はコロナという逆風の中にあるけど、それでもニッポンは昔に比べりゃ豊かすぎるくらいだよ。よく「二極化」「下流社会」なんて言われるけど、餓死する人間なんてほとんどいないんだからね。新しいｉＰｈｏｎｅが出りゃ行列ができるし、限定モノのバッグやスニーカーだってすぐ完売という状況はここに来ても変わっていない。もちろんコロナで仕事がなくてもう自殺しかないと思い詰めている人もいるわけだけど、「ＧｏＴｏイート」の錬金術に群がるヤツにその深刻さはないだろう。暇なヤツじゃなきゃ、数百円のためにわざわざそこまでの時間と手間はかけられないからね。

ニッポン人が総じて豊かになったのはいいことだ。だけど、その一方で、昔はあった「品格」みたいなものが、どんどんなくなってる。このＧｏＴｏイート錬金術が「みっともない」ってことに気がつかないニッポン人が多いんだから、それは間違いないだろう。

カネのために生きてるわけじゃない

昔はどんなに貧乏でも、周りから「あの家、安い店に乗り換えやがった」なんて言われるのが癪で、少々高くても近所の馴染みの店で買ってたわけだよ。それが世間との付き合い方だし、意地だった。それがこの頃じゃ、老若男女問わず当たり前のように10円でも安い店に群がっちまう。

オイラの母ちゃんは、食い物屋に並んだりするのが大嫌いだった。「いくら安くたって、いくら旨くたって、並ばなきゃ食えないようなら食うな」って言われたもんだよ。「持ってけ泥棒、みたいなものを買って得したっていう根性が気に食わない」って叱られたこともある。貧乏だったけど、「自分たちはカネのために生きてるわけじゃない」って誇りみたいなもんがあったんだよな。

もちろんあの頃だって、本音では安いほうがありがたかったに決まってる。オイラの家なんて、父ちゃんが飲んだくれてロクに働かない分、母ちゃんがヨイトマケまでやって家計を支えてたわけだからね。心の中では安いものに飛びつきたくて仕方ないんだけど、やせ我慢してでも「心までは落ちぶれたくない」って踏みとどまろうとしていたんだよな。
ところがいまや、みんな貧しさや格差に開き直ってしまっている。「武士は食わねど高楊枝」みたいな言葉は死語になってしまった。

まァ、そういう風によくよく考えていくと、この「GoToイート」にあった当初の制度の不備っていうのは「わざと」で、政府の思う壺かもしれないとすら思えてくる。むしろジャブジャブ税金を投下する政策への批判から目をそらすために、あえてやったんじゃないかとすら思えてくるよ。

考えてもみろよ。そのくらいの小銭で「儲かった！」なんて得意気に言ってる国民なんて、政府からすりゃ扱いやすくて仕方がない。税金という形で札束を盗られているのに、そっちには文句を言わないで、その辺にバラ巻かれた10円玉、100円玉を地べた這いずり回って拾い集めてるようなもんなんでさ。そんなヤツラが、まさか政権を倒そうと立ち上がったりなんて、死んでも考えたりやしないだろうからね。

パフォーマンスだけの小池百合子は情けないけれど、「有名だから」と再選する都民はもっと恥ずかしい。

小池都知事の「掌返し」にはタマげた

菅さんもいい加減スケールが小さいけど、その天敵の小池百合子・東京都知事のほうもひどいもんだったな。

東京オリンピックの開催延期が決まるまで、都民に「大丈夫だ」ばかり言ってたくせに、北海道の鈴木直道知事が緊急事態宣言を言い始めて、パンデミックの危機を専門家会議やらが唱えてオリンピックが延期と決まったとたんに「このままじゃ危ない」「ロックダウンもある」とかジャンジャンやり始めた。掌返しにもほどがあるって話だよ。

こんな「パフォーマンスが上手い」ってだけの人が、都知事選じゃ圧勝なんだから、政治の世界の人材不足はどうしようもないね。都知事選じゃ22人も候補者が出たけど、ほとんどが本気で都知事になろうなんて思っちゃいない。このチャンスに自分の名前を売り込んでやろうって意図が見え見えのヤツが多かったよな。きっと、没収される供託金300万円は、そういう候補にとって「割のいい宣伝費用」みたいなもんだよ。

昔から都知事選に勝つのは青島幸男さんや石原慎太郎さんみたいな有名人ばかりだけど、なんで都民は「無名の人がやったっていい」って気がつかないんだろ。別に目立つことをやってほしいわけじゃないし、そろそろ〝有名人の人気投票〟みたいな風潮は終わりにしてほしいね。じゃないと、今後も「パフォーマンスだけ」の人間にダマされ続けることになるのは間違いない。

もし今後、都知事選の投票用紙に「東京都職員に任せます」なんて選択肢があったら、それが1位になるんじゃないか。オイラだったら間違いなくそこに一票だよ。税金使って候補者を宣伝してやる都知事選はそろそろ最後にしてくれっての。

うがい薬がコロナに効くなら、ピンサロ・ヘルスは安全だ。

吉村府知事にはガッカリ

最初は「コロナ対策をビシバシやってるのかな」と期待したのに、後でガッカリさせられちゃったのが大阪の吉村（洋文）府知事だ。

いきなり会見で「うがい薬がコロナの感染拡大防止に効果がある」みたいに言い始めて、いっときはネットでも薬局でもイソジンやらが完売する騒ぎになった。あのテのうがい薬に含まれてる「ポビドンヨード」って成分が効くって話だけど、すぐにトーンダウンしちゃったね。そりゃそうだろ、これだけ世界中がパニックになっているのに、そんな日用品で防げるってのは話がデキすぎだし、もしそうならピンサロやヘルスみたいな風俗はこんなに風評被害を受けてないよ。ああいう店じゃ、たいがいフロアにぷーんとうがい薬の臭いが漂ってくるくらい、よく使ってるんでさ。

「パチンコ店公表」はバカ

新型コロナが問題になってからオイラがつくづく感じるのは「ニッポン人はトコトン世間の雰囲気に流されちまう」ってことだよ。

感染が広がったばかりの頃は、マスクや消毒液どころか、関係のないトイレットペーパーまで売り切れちゃった。いざニッポンが危なくなると、50年近く前のオイルショックと同じことが繰り返されてしまったわけだ。

決めつけるわけじゃないけど、オイラの周りでそういうのをリードしてるのはオバチャンが多かったんだよな。で、男も弱くなってるから、それをたしなめるどころか、「アンタ、買ってきてよ」と言われると冷静さを失って買いだめに参加しちゃう。だからますますエスカレートしちゃうという悪循環でね。

小池都知事が、感染拡大の原因を〝夜の街〟だとずっと攻撃してたのも、その心理を突いてるわけだよな。

働く男にとっちゃ〝夜の街〟は憩いの場だけど、多くの女にとってはそうじゃない。夫が夜遅くまで帰ってこない原因だったりとか、敵視しやすいターゲットだったんだよ。

もうひとつ、吉村府知事を「センスねェな」と思ったのが、営業自粛に応じないパチンコ店の名前を公表した一件だ。さらし者にして脅かそうという発想なんだろうけど、むしろ大阪じゃ店に客が殺到して大行列というマヌケな話になっちゃった。

当たり前だよ。人は「やっちゃいけない」って言われるほどやりたくなるし、行きたくなるもんなんだからさ。クスリやストリップ劇場に置き換えてみりゃすぐわかる。

もし「あそこでシャブ売ってます」「あそこならコーマン見れます」なんて見せしめのために公表したら、我慢できないヤツラであふれかえっちまうのは当たり前だろっての。

世界で露呈した「民主主義の限界」。利口な1%が99%のバカの犠牲になっている。

動かない政治家も、動く政治家もバカ

サンザン政治家たちの悪口を言ってきたけれど、みんなに共通するのがどこか「上から目線の態度」だということだ。そりゃ、オイラじゃなくても腹が立つだろう。今はどんな業種の店でも生きていくために必死なんでさ。それなのに、議員たちは税金から給料と経費をもらってのうのうとやってるんだからさ。

2020年の4月、オイラが『ニュースキャスター』で「四の五の言わずに半分くらいカネ返せ」って文句を言ったら、その後すぐに国会議員歳費の2割を削減するって発表が

あったんだよな。

でも、そんなんじゃゼンゼン足りないよ。歳費は削っても、月100万円の「文書通信交通滞在費」とか、月65万円の「立法事務費」とかはそのままなんでさ。

そもそも国会議員なんてグリーン車だって乗り放題だし、議員宿舎を使えば住むところにだって困らない。特権だらけなんだから、年収1年分くらい全部返したっていいぐらいだ。国民の税金でいい暮らしをしてるって当たり前のことを忘れちゃってるバカが多いんじゃないかってさ。

コロナ禍の国会議員の中でもとくにやらかしたのが、緊急事態宣言が出た後に歌舞伎町のセクシーキャバクラでオネエチャンと遊んでたのがバレちゃったヤツだな。

笑ったのが、この議員の選挙ポスターだよ。デカデカと「動けば変わる」って書いてあるんだって。バカヤロー、こんなタイミングで変な動きをしてどうするんだっての。この議員はこの騒動で立憲民主党を離党したわけだけど、こんなのがいた野党第一党が追及したって、そりゃ自民党は怖くもないよ。どんなスキャンダルや失政があっても政権交代なんて起きそうもない。ゴーマンになって当然だろうな。

「アメリカは偉大」のウソ

まァ、とにかくニッポンの政治家はひどいけれど、世界の指導者も玉石混淆だな。ドイツのメルケル首相とか、ニュージーランドのアーダーン首相とかは、コロナ対策や国民への説明をシッカリやってたけど、ブラジルのボルソナーロ大統領なんて本当にひどい。「人間はいつか死ぬもんだ」とか言って、感染対策もロクにしないで、休みに豪遊しちゃってさ。

アメリカのトランプも最悪だったよ。いくら白人の貧困層の不満を代弁する存在だと言ったって、ここまでバカじゃそりゃ再選は無理だろって。

大統領選直前に、マスクをしないでコロナにかかったと思ったら、まだ治りきってもいないのに外に出たり、車で出歩いたりやりたい放題だったもんな。挙げ句の果てに「俺にはコロナの免疫がある」なんてSNSに書き込んじゃったりしてさ。「コロナに負けない俺様」をアピールしようという狙いなんだろうけど、さすがにアテが外れたね。大統領自ら社会のルールを逸脱したんじゃ、もうどうしようもないもの。

トランプが再選されたらアメリカはどうなることかと思ったけど、最後の最後でギリギリ「良心」が勝ったという感じかな。コロナという大きな敵と一戦構えようってときに、大統領がその障害になるっていうんじゃ、目も当てられないからね。

往生際もとにかく悪かった。敗北宣言も出さなかったし、何の根拠もないのに「不正が行われた」の一点張りでさ。

選挙で不正があったなんて、民主主義国家としちゃ絶対にあってはならないことだからね。「メイク・アメリカ・グレイト・アゲイン」（偉大なアメリカを取り戻す）と主張しておきながら、「自分の国は信じるに足らない」と自分から言ってるようなもんでさ。これには共和党の支持者もソッポを向いたんじゃないか。わざわざブッシュ元大統領が出てきて、バイデン新大統領を祝福して「選挙は公正に行われた」と話したのも、トランプに見切りをつけたってことなんでさ。

トランプがここまで必死なのは、大統領じゃなくなると脱税疑惑やセクハラ疑惑なんかで訴追される可能性があるからなんだろうな。それにしても、歴史に残るタチの悪さだよ。

トランプはバカ正直

こんな人が4年間もアメリカ大統領という「世界一の権力者」をやってたわけだけど、ある意味じゃ「バカ」がつくほどの正直者なんだよな。自分に批判的なメディアには「フェイクニュース！」と本能の赴くままにキレちゃうし、「メキシコ人はアメリカに麻薬や犯罪を持ち込む」とか、それを言っちゃオシマイってことを平気で喋ってしまう。こんなもん、浅草や北千住あたりでベロベロに酔ってクダを巻いているオヤジと変わらない。それがここまで一般大衆の支持を得たわけだから怖いよな。それくらい、アメリカという国自体に余裕がなくなってて、「自由と平等」とか「寛容」みたいな建前を保つプライドすらなくなってるわけだよ。

アメリカは不思議な国で、民主党政権が続けば次は共和党、それが続いたらまた民主党と、やじろべえみたいにバランスを取ってきた歴史がある。5年後、10年後のことは誰にもわからないけれど、勝ったバイデンもヨボヨボであんまり精気を感じないからさ。いつかトランプ的なものがもう一度実権を握る時代が来るんじゃないかという予感はあるよ。

民主主義を信じるな

まァ、アメリカだけじゃなくニッポンでも「ポピュリズム」の熱が高まっているけれど、それも民主主義の限界が近づいているってことでね。

どこの国民だって、政治家の言うことを「その通り！」と鵜呑みにするのはただのバカ。だけどそういうヤツが１００人のうち90人以上を占めていると思ったほうがいい。「それはおかしい」と言える頭があるヤツは、多く見積もっても両手で数えられるくらいだ。だけど、そういう利口なヤツが９割のバカの犠牲になるのが「正しい民主主義」なんだ。

だから、オイラはそもそも民主主義なんてものを信用してない。人間をまとめる万能な政治システムなんて存在しない。いつの時代も民主主義か、独裁かでグルグル回ってるだけなんだ。独裁者を許すな、ファシズムを許すなと言ってるヤツラが作った共産主義や社会主義の国が、より独裁的になってしまうことも歴史が証明してる。中国しかり、北朝鮮しかりね。

だからこそ、大事なのは「自分で考えられる頭」を持つことだ。

ニッポンは五輪や万博に頼る「お祭り依存体質」から抜け出さないと、世界から取り残されちまうぜ。

各国が五輪を押しつけ合う

だけど、こんな状態で本当に2021年の東京五輪なんてやるのかな？　最終的にどんな決定になるかは置いといて、そろそろニッポンは「お祭り依存体質」から抜け出したほうがいい。

サッカーやラグビーのワールドカップにオリンピック、万博、カジノ誘致と、楽しげな〝お祭り〟をコンスタントに持ってきて、ドンドン経済のカンフル剤にしないと経済が持たなくなってきてる。これじゃあ、いつか弾が尽きちまうだろ。

それに、イベントそのものの経済効果だって疑問だ。前回の1964年東京五輪のような高度経済成長の時代なら、国威発揚の意味もあっただろうけれど、これから人口がドンドン減っていくニッポンにおいて、五輪みたいなイベントはどこまで意味があるだろうか。

きっと今回のコロナをきっかけに、今後は五輪開催に名乗りを上げる国が減っていく。2022年の冬季五輪が中国・北京で、24年のフランス・パリ、28年のアメリカ・ロサンゼルスまでは決まってるけど、それ以降はなかなか手をあげにくいんじゃないか。

たとえコロナがいったん収まったとしても、この先こういう感染症がまた発生する可能性は高い。こうなると、五輪を引き受けるのは大きなリスクだよ。カネと手間暇をムチャクチャかけても、それがかえって大損失になっちまうかもしれない。世界各国が、ダチョウ倶楽部みたいに「どうぞ、どうぞ」と五輪を押しつけ合う日がくるのも遠くないだろう。

今後の五輪招致プレゼンは「我が国がいかに五輪にふさわしくないか」とネガティブな主張をする場になったりして。

中国が「ウチはウイルス産出大国ですよ！」と言い出せば、ロシアは「ウチはドーピング大国だし、スパイがウジャウジャいるんでヤバイですよ」なんて応戦してさ。負けじとイタリアやフランス、スペインなんかの欧州勢は「こっちはすぐ医療崩壊しちゃいますから、もし何かあったら……」で、ニッポンは「お・も・て・な・しの余裕がありません！」と、滝川クリステルと旦那の小泉進次郎が涙ながらに訴えかけるというさ。で、最終的に開催国が発表されると、その国の代表からはため息が漏れるというオチなんだよ。

もっとカネを使うべきことがある

まァ、これが冗談だといつまで言っていられるだろうな。五輪にしろ、万博にしろ、みんな自分の現在の生活に不安を抱えているのに、大企業や政治家ばかりが潤うようなお祭りに税金をガンガン注ぎ込むなんて許されないよ。

そんなカネがあるなら、コロナで倒産した会社の社員を助けるとか、またこういうパンデミックが起きたときに備えて病院や研究所を充実させるとか、地震や水害みたいな災害に備えて各地に避難所を作るとか、先にやるべきことがあるだろうよ。

とりあえず、東京五輪より先に手を着けるべきは「参議院解体」だな。

本業が怪しくなったタレントや元スポーツ選手を食わせるために税金を投入するのはムダもいいとこだよ。血税を使った五輪で生まれたスターアスリートを、これまた税金で国会議員として一生養うという図式なんだから腹が立つ。

「衆議院のチェック機関として必要」なんてのは建前だけで、全く機能してないことはみんな知ってるんだからね。他の国ならとっくに暴動が起きてるよ。

ニッポン人はネット上で文句を言うだけじゃなくて、そろそろ本気で立ち上がらないとマズいんじゃないか。

国民が苦しんでいるのに株価が高い大矛盾

もうひとつ、政治家だけじゃなく企業にも文句が言いたいね。

これだけ色々な業界が不況だと言ってるのに釈然としないのは、一時は日経平均株価が2万7000円台まで戻ったり、市場が普通の国民感覚より調子がいいってことだよ。

思うに、ニッポンの大企業の多くが内部留保をまだまだ貯めこんでて、それを絶対に吐き出さないからじゃないか。

国民は苦しんでいるけど、大企業単位で見るとまだまだ余裕があるってことなんでさ。だから、市場と国民の実感がまるで一致しないんだよな。

世論は補償ってのは税金でしてもらうもんだと思ってるから、怒りの矛先は国にばっかり向かってるけど、本当はこれまでサンザン儲けてきた企業にも怒って当然なんじゃないの。今こそ大企業は貯めこんだカネを使ってニッポン社会を救うべきだよ。

ニッポンのタレントの政治批判なんて「赤信号みんなで渡れば怖くない」だっての。

一過性だった「政治に物申す」ブーム

くだらない政治に国民が立ち上がるのはいいんだけど、安倍政権の末期になって突然いろんな芸能人が政治に意見し始めたのは違和感だらけだったね。

ラサール石井なんかはお馴染みだけど、小泉今日子とか浅野忠信、西郷輝彦あたりまで「検察庁法改正案に抗議します」って意思表明してた時期があったけどさ。

まァ、あの検察庁法改正案の件は、政権のほうもちょっと露骨だったよな。ちょっと前に東京高検検事長の黒川弘務の定年延長を閣議決定しておいて、それに合わせるように法改正をねじ込んできたわけだからさ。「さすがにバレバレじゃないの」ってことで、みんな批判したわけだよな。

だけど、どうもニッポンの芸能人の政治批判のほとんどは覚悟が足りない気がするぜ。大体、なんであのタイミングでみんな揃って雨後のタケノコみたいに批判を始めたんだよ。モリカケ問題やら、桜を見る会やら、コロナ問題の対応やらそれまでも批判すべきことはたくさんあったはずなのにさ。

安倍政権が調子いいときは楯突く度胸なんてなかったのに、安倍さんがいっぱいしくじって叩きやすくなったから、「このタイミングならやってもいいかも」って流行に乗っかってるようにしか見えなかったね。

案の定、あのブームはほんの一瞬で終わっちゃった。タカ派でキャラクターの強い安倍さんが辞めて、とらえどころがなくて叩きがいのない菅さんに首相が代わった途端、露骨にトーンダウンしちゃった。いかにも右にならえのニッポン人らしいよ。アメリカの俳優やコメディアンが、それぞれの立場で民主党や共和党を応援するのとはまるで本気度が違うね。

普段は政治と距離を置いて自分の意見なんて言わないほうが得だと思ってる人間が、世間の雰囲気を見て、「赤信号、みんなで渡れば怖くない」とばかりに突然アピールし始める。だから胡散臭いんだってのの。結局、多数派につくことしか考えてないんだよな。

オイラは写真週刊誌潰しに利用された

それより芸能人にとって大事なのは「国家や政治家に利用されないこと」だよ。

オイラには苦い経験があるからね。1986年のフライデー事件で講談社に乗り込んで騒動になったとき、政治家の〝写真週刊誌潰し〟に都合良く利用されちまったんだよな。

オイラがそういう行動に出たのは、世の中の動きとは関係なく、あくまで個人的な問題だ。フライデーにプライベートをサンザン突かれたから腹が立ったというだけなんだけど、当時の後藤田（正晴）官房長官は「ビートくんの気持ちもわかる」なんてマスコミの前で言ってさ。それで世間は写真週刊誌批判に傾くんだよ。

あの頃はフライデーやらフォーカスみたいな写真週刊誌の全盛期で、芸能人だけでなくて国会議員もしつこく狙われてたからね。

後藤田さんはきっと、そっちの勢いを削ぎたかったからこっちを擁護した。オイラはその道具に使われちまっただけなんだよ。

これはオイラの持論なんだけど、芸人ってのは「とんでもないヤツだ」「非常識極まりない」と言われているうちが華で、「意外とマトモなこと言ってるじゃないか」「マジメな普通のヤツだな」なんて評価されるようになっちゃ終わりだよ。

だけどこの頃のタレントがSNSでやる政治的発言ってのは、どうも「いいね！」をもらいたいがためにやってるような気がするぜ。ヒンシュクを買って注目されたいってんならまだわかるけど、その逆でファンや世間に受け入れてほしいって気持ちが透けて見えるんでね。それくらいなら、黙っておいたほうがまだマシなんじゃないか。

高齢者運転もコロナの感染対策も考え方は同じ。「自分のせいで」を防ぐのが最優先だ。

今、レンジローバーをボコボコにしたら

フライデー事件じゃまんまと政治に利用されたオイラだけど、74歳になってもまだまだ同じようなことが起こる可能性はあると思っている。

それは「自動車運転免許の自主返納」だよ。

オイラは何年か前に、「もう自分じゃ車の運転はしない」と決めた。だから免許更新が近くなると、どうするか悩んじゃうんだ。これから歳を重ねると、更新のたびに「高齢者講習」ってのを受けなきゃいけなくて、座学やら実技やらテストをされるわけでさ。

面倒くさいし、それこそ格好の週刊誌ネタだよ。

「たけしが教官にガミガミ怒られてた」くらいならまだいいけど、

「ウインカーを出すときに右と左を間違えてた」

「S字カーブで脱輪してた」

なんてヤラれたら、恥ずかしくて仕方がないんでさ。

昔、フジテレビの「BIG3」の特番で、（明石家）さんまのレンジローバーをぶっ壊したことがあったよな。そう、フジテレビの社屋が今のお台場じゃなくて、まだ新宿の河田町にあった頃の話だけどさ。

オイラが車庫入れのフリして思いっきりコンクリートの壁にぶつけて、バンパーの形が変わるまでボコボコにしちゃったという、まさにテレビ史に残る大悪ノリなんだけどさ。

あの頃はワザとだってみんな笑ってくれたけど、もし今のオイラがやったらどうなるんだ？

「ああ、たけしもついに……」

と思われて、まったく笑えないというオチなんでね。

そんな状況だから、もう免許を返したって構わないんだけど、それがニュースになるのがイヤなんだよ。だいたい芸能人の免許返納はすぐ報じられちゃうからね。オイラみたいなのが返納してみろよ、「あのたけしすら返した」みたいに、自主返納キャンペーンの広告塔にされちゃうのは目に見えてる。やなこったってことでね。

「車が誤作動した」という主張の身勝手さ

だけど、老人の危険運転問題ってのは待ったなしのところまで来ている。ジイサン・バアサンのトンデモナイ運転で、未来のある子供たちが死んでしまうという悲劇は、いろんなところで起きてるわけでさ。

思い出すのは、法廷闘争になってる東池袋の暴走運転のジイサン（当時87歳）の件だよな。3歳の女の子とその母親が亡くなって、他に9人のケガ人が出た有名な事故のことだけどね。

この人は旧通産省の工業技術院の元院長、いわゆる役人でさ。カミさんを乗せて予約したフランス料理のレストランに急いでいたときに事故を起こしちまったんだよな。

だけど、事故の直後に「逃亡や証拠隠滅の恐れがない」てことで逮捕されなくてさ。ネットやらじゃ「アイツは〝上級国民〟だから優遇されてるんじゃないか」って騒ぎになってたんだよな。

事故そのものもひどいけど、その後の法廷闘争のほうも呆れたよ。

そのジイサンは無罪を主張して、さらに事故の原因を「車が誤作動した」「アクセルが戻らなかった」って言ったんだよな。わざと機械のせいにしてるんならどうしようもないし、もし本人が本気でそう思ってるんだとしたら、「記憶もあやふやなほど衰えてる」って話でさ。これじゃあ、被害者は浮かばれないよ。

一方で、同じような事件でも加害者側から「有罪にしてくれ」っていう場合もあるんだよな。群馬の前橋で起きた、同じような老人の運転事故の裁判だけどさ。

事故を起こしたジイサンは運転中に意識が飛んじまったことが認められて、一審じゃ無罪判決が出てたんだよな。それでも身内の家族が「運転しないように説得していたのに応じなかったから」と有罪を求めてさ。それで二審じゃ本人も「有罪にしてください」と言い出したって話でね。裁判としては異例かもしれないけど、世間からの風当たりや被害者家族の心情を考えたら、こっちの対応のほうがよっぽど理解できるよな。

リスクを客観的に比較しろ

とにかく、高齢者の危険運転ってのは深刻な問題だよ。

一見、ゼンゼン別の話のように見えるけれど、実はこの問題も、コロナも、根っこのところは同じだと思う。「自分のせいで、大事な人や赤の他人に迷惑をかけてしまうのは何よりつらい」ということだ。オイラが運転を止めたのは、リモート出演を決めたときの気持ちとほとんど一緒なんだよな。

それに、交通事故はコロナよりよっぽど深刻な事態を招くからね。もし「コロナが怖い」と言ってるジイサン・バアサンが何の気なしにそこらを車で運転してるとしたら、ちょっと感覚がおかしいよね。どっちがリスクが大きいか、客観的に判断できなくなってるわけだからさ。

あと、高齢者運転とコロナの問題にはもうひとつ似ているところがある。

本当は、老人の暴走事故なんて、政府がルールを決めちまえばある程度未然に防げるはずなんだよ。年齢制限を設けて年寄りに免許を出さないようにしたり、そもそも車を売らないようにしたりさ。だけどそれじゃあ今度は「車が売れなくなる」って問題が出てくる。特に軽自動車なんてのは、車がなきゃスーパーにも行けない地方の高齢者が1人1台ずつ買ってくれるから商売が成り立ってるわけでさ。

だから自動車メーカーは必死に自動運転とか安全性能をアピールするんだけど、「高齢者は運転を控えましょう」とは言えない。本当は効果的な具体策なんていくらでもあるのに、経済のことを考えたらそれは言い出せないってことなんだよな。

コロナの効果的な感染防止策は、だいたい経済に大打撃を与えるから言い出せない。感染拡大のリスクを考えたら東京五輪なんてやらないほうがいいに決まってるのに、政府はなかなかそうは言えない。ものすごく似てるじゃないかってね。

コロナで「笑い」も変わった。これから一番ウケるのは「令和の綾小路きみまろ」だ。

浅草時代も無観客だったけど

この本の冒頭で、オイラがなぜリモート出演を決めたのかって話をした。感染を防ぐため、他人に迷惑をかけないためにやむを得ないってことなんだけど、実際リモートをやってみるとあんまり気持ちのいいもんじゃなかったね。やりづらいったらないよ。

バラエティ番組でも、情報番組でも、出演者は客や共演者、スタッフの反応を見て即座に演じ方を変えなきゃいけない。なのにスタジオにいないと、ウケてるかどうかがまるで判断できない。それに、微妙なディレイ（遅れ）が出てリアクションがズレちゃうから、やってて歯がゆいんだよね。

オイラがやってるような番組ならまだなんとかリモートでも形になるけど、もっと厳しいのがコンサートとか舞台、芸人の営業だよな。芸人ってのは目の前の客あっての商売なんで、テレビ以上に「相手に合わせること」が腕の見せどころなんでさ。無観客でやれ、リモートでネタをやれ、なんて簡単に言うけど、そんなもん無理だって。

まァ、オイラの若い頃は浅草の演芸場で「無観客」ってことが何度もあったけど、それはただ人気がなかっただけというオチなんでさ（笑）。

客の反応こそ全て

芸人にとってどれだけ客の反応が大事か、ちょっと話しておこうか。オイラの芸人人生なんて、言ってしまえばそれだけを考えてきた半世紀だ。

お笑いで一番重要なのは、「技術」でも「ネタ」でもなくて、とにかく客にウケることだ。どんなに腕が良くても、目の前にいる客を笑わせられないんじゃ、こんなマヌケなことはない。「上手い」って言われて喜んでいる芸人なんて、ただの勘違いヤローだ。客から聞こえてくる「ゲラゲラ」という笑い声が、どれだけ大きいかだけが勝負なんだよな。

芸人はその日の客に合わせて、テンポもネタも微妙に変えていく「察知力」みたいなものを持たなきゃいけない。オイラはストリップ小屋や演芸場でウケない時期が長かったから、そういう「客との間合い」についてはずっと考えてた。

「今日はジジイばっかりだな」ってテンポを落としたり、わかってるポイントで笑う客が多いときはネタのレベルを上げたり試行錯誤してたよ。

世阿弥も語った真理

で、「言ってることとやってることが違うじゃねェか」と言われそうだけど、最終的には「あえて客を無視する」って博打に出たんだ。

ある時期から、ツービートの漫才を同業者の漫才師たちが客席の後ろで見物に来るようになってさ。その頃のオイラは、「演芸場ではそこそこウケても、このままじゃ世に出られない」って思ってた。だから「これは新しい」「とても敵わない」と思わせるために、「同業者」に向けて漫才をやるようにしたんだよ。普通の客には少々レベルが高すぎるくらいのヤツをね。

結局それが評判を呼んで、テレビの仕事や漫才ブームにつながっていったんだ。だけど、テレビで売れた後に、地方のキャバレーなんかに営業に行くようになると、また苦労したね。今度はそういう「同業者向け」のやり方だと、ゼンゼン笑いが取れない。客のレベルに合わせて、あえて鈍臭い笑いにしたほうがウケるんだよな。だから下ネタやら客いじりもジャンジャンやって、とにかく笑わせたね。

つまり、「客がオレの笑いを理解できない」なんて言い訳してるヤツは下の下でね。相手に合わせて、いかようにも変化できなきゃダメなんだよな。

そういえば、こないだ能楽の観世流宗家の観世（清和）さんから聞いたんだけど、オイラと同じようなことを世阿弥が言ってたんだって。

世阿弥は「都の貴族にウケるようなものだけじゃなく、場の空気を読んで田舎でも喝采を浴びるようにしなきゃダメだ」って言ってたらしい。今から500年以上も前にそういう話になってたわけだから、これは「芸」と言うもののひとつの真理なんだろう。

リモートで芸人は八方塞がり

その点、無観客だとかリモート出演っていうのは、一番大事な「客の反応」を芸人から全て奪ってしまう。

コロナの真っ最中、ピン芸人のコンテストの「R―1ぐらんぷり」ってのも無観客で、しかも生放送でやってたみたいだけど、「もし自分が出たら」と考えるだけで〝地獄〟だよな。どんなネタをやっても観客がいなくて「シーン」だし、ピン芸人は相方がいないんで、「いい加減にしなさい！」「ウケてないやないかい！」とツッコミを入れてくれるヤツもいないわけでさ。

技術的なことだけど、客がいない芸ってのはテンポが速くなるんだよ。ネタとネタの間に客の笑いを待つ「笑い待ち」って時間がなくなるから、その間を埋めるためにドンドンとネタを繰り出しがちなんだよな。で、その焦りがもっとスベリを招いちゃうという悪循環になる。せめてその場にいる他の芸人やスタッフが観客代わりにゲラゲラ笑ってくれれば、まだマシなんだけどさ。

昔オイラがバラエティをジャンジャンやってた頃は、「ゲラカメラマン」と呼ばれる有名なヤツがいたんだよ。カメラの向こうの視聴者の反応なんてわからないけど、カメラに向かって芸をやってるとソイツがゲハゲハ笑ってくれるんで、みんな「よし、ウケてる!」って良い気分でやれたんだよな(笑)。もし今後、お笑いを無観客でやろうっていうんなら、テレビの人間はとびっきりの笑い上戸を連れてきたほうがいいね。

これからは「スタンダップコメディ」全盛になる

まァ、コロナの時代に〝伸びしろ〟があるお笑いがあるとすれば、必然的にアメリカ式の、1人で漫談を披露するスタンダップコメディになるだろうな。

漫才の面白さは、どうしても相方との距離感や間が大事なんで、その間を何メートルも空けたり、アクリル板を立てたりしたらどうしようもない。手足をもがれた状態になっちまうんだよな。それなら、1人でやるお笑いのほうがハンデがない。

アメリカのコメディ映画のスター、「ローレル&ハーディ」や「アボット&コステロ」が喜ばれたのは、禁酒法や戦争の余波で、劇場の入りが減って、映画で見せるコンビ芸以外が成り立たなくなったからでね。時代背景で求められるお笑いのスタイルが変わるのは仕方がないことでさ。

ニッポンでオイラがツービートの漫才をやってる時代は、トム・ハンクスやエディ・マーフィなんかがピン芸人としてライブで喋って人気だったわけでね。きっとコロナ後のニッポンもそういう流れになってくるよ。

ニッポンの芸人で一番コロナに対応できそうなのは綾小路きみまろだな。この人こそ、ニッポンのスタンダップコメディアンの第一人者だよ。

オバチャン客を前にして、

「ようこそおいでくださいました。目を閉じたくなるような美しい方ばかりです。まだまだ老け込むには、早すぎます。でも連れ込むには、遅すぎます」

「豊かな教養、こぼれる美貌、あふれる脂肪」

なんてやるんだけどさ。

ネタがしっかりしてるから、いつもバカウケ。リモートでも、観客ゼロでも苦にしない。きっと令和は「二代目きみまろ」の時代だね。

喜怒哀楽で一番不要不急なのが「笑い」だ。だけど、そこには代えがたい快感がある。

エンタメは無力なのか

とはいえ、総じて言えばコロナはエンターテインメントにとって逆風だ。

小池百合子が言ってた、「不要不急」なんて言葉はイヤでイヤで仕方がなかった。でも、オイラがそれなりに人生を賭けてやってきた「お笑い」は、きっと「不要不急」なものに違いない。

２０１１年の東日本大震災の直後、オイラは「こんなときに〝被災地に笑いを〟なんて戯れ言だ」と言った。今まさに悲しみの渦中にある人を、ギャグで笑わせることはできない。笑いというのは、衣食住が満ち足りたときにこそ享受できるものだ。今回のコロナには、あのときと同じかそれ以上にエンターテインメントの無力感を感じさせられた。

これまでオイラの芸や映画は、ありがたいことに評価してもらったほうだ。だけど、これから先はそういうものが「たった1個のおにぎりに敵わない」ってことになっちまうんじゃないかという怖さがあるんだよ。

こういう深刻な事態になると「笑ってる場合じゃない」とか言われて、笑いはいつも「場違いなもの」「不謹慎なもの」と扱われてしまう。結局のところ喜怒哀楽の中で、「笑い」は一番低く見られていて、いの一番に「不要不急」扱いされちまう宿命なんだよな。

コロナで番組の収録やロケができなくなったとき、再放送されるのはドラマや歌番組ばっかりで、お笑いはちっとも放送されなかったしね。

まァ、オイラが昔やってた番組は、そもそも今の時代に改めて放送しようなんて話にならない。もしやったら、きっとコンプライアンスやら何やらで叩かれまくっちゃうだろうからね。

『元気が出るテレビ!!』（日本テレビ系）なんて、たこ八郎に東大生の血を輸血して「賢くなるかも」なんてやってた。

『スーパージョッキー』(日本テレビ系)は、熱湯コマーシャルのナマ着替えやら、今じゃ考えられないくらいスケベだったしね。女子アナを水着姿にしたり、たけし軍団やダチョウ倶楽部が裸で走り回ったり、やりたい放題だったよ。アレを日曜の昼間にやってたなんて、今の若いヤツラは信じてくれないんじゃないか(笑)。当時も教育上よろしくないってことで、PTAから苦情がジャンジャン来てたんで、今やったら炎上間違いなしだよ。

その向こうを張ってたのがこないだ亡くなった志村けんちゃんでね。『加トちゃんケンちゃんごきげんテレビ』(TBS系)や、『志村けんのだいじょうぶだぁ』『志村けんのバカ殿様』(いずれもフジテレビ系)じゃ、ゴールデンタイムに女の裸や下ネタをいつもやってたからね。

それなのに、志村けんちゃんは、死んだ途端に「芸能界きっての人格者」みたいに持ち上げられちゃった。でも、きっと本人にとってはありがた迷惑な話でさ。そもそもオイラたちは聖人扱いされたくてお笑いやってるんじゃなくて、それしかできないヤクザ者だからここに行き着いただけなんだから。

世間から「下品」「害悪」「不要」「無意味」だって蔑まれてもゲラゲラ笑ってもらったほうがありがたいし、それが快感だから続けてるだけなんでさ。

こんなときだから「蓄積」を

芸人・タレントだけじゃなく、いろんなサービス業が今回のコロナじゃ一緒くたに「不要不急」として悪者扱いされちゃった。「俺がやってきたことは何だったのか」と思い詰めてしまってる人もいるかもしれない。

でも、オイラはそういう「不要不急」かもしれないものに必死になれる人生が楽しいし、そういうヤツラを見てるといいなって思う。そういうものが報われる社会であってほしいよな。

だけど、こういうときに前を向いて行動するってのはなかなか難しい。

オイラも緊急事態宣言の頃なんかは、撮影がなくなったり収録がリモートになったりで四六時中、家にいるようになった。なのに、前より小説やら映画のアイディア創作に向ける時間が少なくなっちゃった。

テレビの仕事をジャンジャンやってた頃は、「もっと時間が欲しい」と思ってたはずなのに、暇になった途端にやる気がなくなっちまうんだから不思議なもんだよ。

外に出られなくて悶々としてるのはみんな同じだけど、若い世代はとくにそうだろうな。こんなとき、ガキの頃のオイラだったらどうしてただろう？

家は狭いし、母ちゃんからガミガミ言われるのがイヤだし、外をほっつき歩いては悪さをしてたからな。きっとイライラで爆発してるよ。

こんなときに何をすべきか。この歳になったから言えることだけど、本や音楽、とくに「古典」の世界に没頭するのがいいだろうね。

落語もそうだけど、「古典」と言われるものには生き残ってきただけの理由がある。漫才なんてのは現在でも形を変えて進化し続けてるけど、落語は古今亭志ん生さんを超える若手なんていない。もうずいぶん前から芸として完成してるんだよな。

そういう普遍的なものを勉強しとくと、きっともう一度世界が元通りに動き始めたとき、まるで違ってくると思うぜ。それはオイラみたいな芸人じゃなくても同じでさ。「教養」ってのはどの世界でも共通して役に立つと思うよ。若い人はスマホにかじりついてる時間があったら、ダマされたと思って「世界名作全集」でも読んでみたほうがいいんじゃないか。

第2章

さよなら、愛すべき人たちよ

志村けんは、同じ時代を生きた「戦友」だった。あの人は、関西の笑いから東京を救った「防波堤」だ。

センスがあるけど不器用だった

志村けん。

2020年、オイラに最もショックを与えたのは、間違いなくこの人の死だった。

最後に会ったのは、2019年に『天才！志村どうぶつ園』（日本テレビ系）で、権蔵《ごんぞう》ってオイラの柴犬を紹介してもらったときだったかな。けんちゃんも自分が飼ってる小っちゃな柴犬を連れてきて、一緒に出たんだ。

最近はご無沙汰だったけど、昔はよく一緒に飲みに行ったもんだよ。本当に、楽しい飲み方をする人でさ。ゴルフにも何度か行ったな。

だけど、飲んだり遊んだりの回数はそんなに多くなかった。

自分で言うのも何だけど、お互い照れ屋でシャイなんで、心の中では「今日あたりどうかな」なんて思ってても、気軽に言い出せなかったんだよな。さっきの『志村どうぶつ園』の収録も、お互い照れちゃって、ロクに話もできなかったくらいでさ。

スタッフはきっと「もっと盛り上がる」と思ってたのにガッカリしたんじゃないかな。

それぐらい、オイラたちは不器用なんだよ。


喪失感みたいなものはすごくある。でもそれは、遊び仲間というより、同じ空気を吸ってた「戦友」を失った感じなんだ。

最初に会ったのは、けんちゃんが「マックボンボン」ってコンビでコントやってた頃かな。その後しばらくして、ザ・ドリフターズのボーヤになった。

オイラがまだ浅草でくすぶっていた頃、あっちはもう「テレビのスター」で、こっちはそれを別世界のように見ていた。

だけど、後で本人から聞いたり、当時の芸人仲間から漏れ伝わってきたところでは、あっちのほうがオイラよりよっぽど苦労してたんだってね。

ドリフでボーヤだったけんちゃんは、荒井注さんが抜けて正式メンバーになったわけだけど、他にもライバルがいたし、メンバーで1人だけグンと若かった。だからやっかみもあったし、なかなか大変だったみたいだよ。

だけど、そこから這い上がって、最後には加藤茶さんとドリフの2大エースになるんだからさ。根性もセンスも並大抵じゃないよ。

勝者なき「土曜8時戦争」

で、オイラも遅れて80年代の漫才ブームでやっとテレビに出られるようになったわけだけど、そこで「土曜8時戦争」が始まった。

大人気番組だったドリフの『8時だョ!全員集合』(TBS系)の裏番組として、フジテレビがオイラや(明石家)さんまの『オレたちひょうきん族』をブツけたんだよな。

もちろん立場はゼンゼン違って、あっちは〝お化け番組〟だからね。だから、どうやって『全員集合』を追い越せるか、もう何でもアリで考えたんだよ。

とにかくドリフの逆を張るしかない。向こうは作り込まれた王道のコント番組だったから、同じことをやったって勝てない。だから、こっちは「アドリブ」と「内輪ウケ」に徹したんだよ。

その点、さんまのアドリブはやっぱり光ってた。何が起こるかわからないスリルがあるから、目を離せない。学生やら当時の若いヤツラの間じゃ、『ひょうきん族』のほうが『全員集合』より刺激的に見えたんだよな。それで、次の日の学校じゃ「全員集合派」と「ひょうきん族派」に分かれて盛り上がるようになった。どっちもPTAから目の敵にされたのは一緒だったけどさ。

やっぱり新しかっただけにこっちに勢いがあったみたいで、放送開始3年目くらいで、視聴率も追い抜いたんじゃないかな。

とはいえ、こっちはアドリブと内輪ネタなんで芸の「背骨」がないわけだよ。『全員集合』を脅かしたはいいけど、長くは続けられなかった。結局は「共倒れ」だね。

計算か、計算なしか

その点、けんちゃんは『全員集合』の後も『加トちゃんケンちゃんごきげんテレビ』でコントをずっと続けてたからね。

お笑いに対して頑ななところがあって、まさに「芸人らしい芸人」だと思うよ。深夜でコント番組を続けてたし、生涯コメディアンにこだわりを持ってたんじゃないかな。

コントに対してもマジメで、バカバカしいことをただやるだけじゃなくて、〝作り上げたバカバカしさ〟をやるわけ。

後になってけんちゃんから聞いたけれど、『全員集合』時代のドリフターズは、チャンバラひとつやるにも、キチンと本物の殺陣師を呼んで稽古をつけてもらっていたらしいんだよな。

オイラも下積みが長かったからよくわかるけど、コントや喜劇でチャンバラをやっても、基本の動きがなってないといざギャグを入れたとしても笑えない。本物の侍みたいなビシッとした基本の動作があるから、その途中でバカバカしい動きや仕草をすることが「笑い」につながるんだよ。

つまり、オイラが仕掛けたのが「バカバカしいことが偶然出てくるのを狙ってエサを撒く」笑いなのに対して、けんちゃんは「バカバカしいことをちゃんと狙って、イメージ通りにこなす」ってやり方かな。計算なしの面白さと、計算し尽くした面白さの違いだよね。

まァ、オイラたちの『ひょうきん族』はポンッと世に出たけど、二度と同じことがやれない。カゲロウのようなもんだよ。一方のけんちゃんは、『志村けんのバカ殿様』だったり、フジテレビの深夜のコント番組だったり、ずっと同じ流れを続けてた。だから、どっちがちゃんとした芸かと言われれば、圧倒的に向こうのほうなんだよ。

フィクション芸とノンフィクション芸

志村けんの笑いの特徴というのは、「芸は舞台の上で演じるモノ」と決めてたことだと思うよ。私生活も派手で面白いけど、それはあくまで芸とは別物で、決して世間に見せようとはしなかった。いわば「芸というフィクション」を生きてたんだよな。

その点こっちは、面白かったらプライベートでも何でも話しちゃう。浅草のチンピラから、大島渚さんや大橋巨泉さんまで全部ネタにするわけでさ。つまり、現実とウソの境目が曖昧な「ノンフィクション芸」なんだよな。そこが、けんちゃんとオイラの一番の違いだね。

だけど、「芸は積み重ね」って考えてる根底のところは一緒だと思う。

最近、ＹｏｕＴｕｂｅで自分たちの動画を見たんだよ。もう20年以上前になるけど、一緒に特番をやったときの映像でさ。けんちゃんが津軽三味線を弾いて、それに合わせてオイラがタップを踏んだんだよな。なかなかの腕前で「さすが芸達者だな〜」って思ったんだけど、番組が終わっても毎日のように練習を続けてたらしいね。

表ではふざけて見せても、芸に関しては真剣だったんだよな。深見千三郎ってオイラの師匠もそういう考えだったし、その辺は通じるところがあるね。まァ、百聞は一見にしかずなんで、ちょっと暇があったらその映像を見てほしいもんだね。

タケシムケンの失敗

でも似てるがゆえに失敗したこともあってさ。『神出鬼没！タケシムケン』（テレビ朝日系）って番組じゃ、2人でがっぷり四つでお笑いをやったんだけど、ゼンゼン上手くいかなかった。

2人とも「ボケ・ツッコミ」の両方できるタイプだからね。本来なら「無邪気にボケる役」と「威張ってツッコミを入れる役」を役割分担したほうがいいんだけど、お互い遠慮しちゃって、どうも消化不良で終わっちゃった。番組も1年で打ち切られたんだけど、その点をもうちょっと上手くやれりゃ、長くやれたのかもしれないね。

でも、けんちゃんのお陰で関東のお笑い文化は生き残れたのかもしれない。同じ東京の芸人でも、オイラの出自は「漫才」なんで、どうしても関西の影響下にある。その点、あっちのコントは東京らしい笑いなんでさ。関西からジャンジャン笑いの波が押し寄せてくる中で、けんちゃんが〝最後の砦〟として防波堤になってくれてたんじゃないかな。

映画やら絵画やら、いろんなジャンルに浮気してたオイラとはまるで違うよ。もし志村けんがいなかったら、関西のお笑いに日本を制圧されててもおかしくないぜ。

まァ、そんな人間を同じ関東芸人なのに〝潰そう〟と躍起になってた若い頃のオイラは一体なんだったんだというオチなんだけどさ（笑）。

形見分けってのは意外と「覚悟」がいる。千鳥・大悟にアドバイスしとくぜ。

キャデラックとゴルフバッグ

そういえば、千鳥の大悟が、けんちゃんのキャデラックを500万円で買ったんだって?

大悟はいつもけんちゃんと一緒に遊んでたみたいだから、車に乗せてもらったことも一度や二度じゃなかっただろうしさ。大悟自身は運転免許を持ってないらしいけど、形見のつもりで引き取ったんだろうな。けんちゃんはきっとあの世で喜んでるね。

そんないい話に水を差すつもりはないんだけど、経験者としてひとつ言わせてもらえれば、「10年後、20年後まで持ち続けたら大したもんだ」ってところはあるな。

なんでそんな言い方をするかというと、昔、オイラも仲が良かったアナウンサーの逸見（政孝）さんから形見をもらったんだよ。

逸見さんとの思い出は山ほどある。あの人がフジテレビから独立した頃、2人で一緒に制作会社のイーストに持っていった企画が『たけし・逸見の平成教育委員会』（フジテレビ系）だった。あの人ががんで亡くなった後、オイラは「いい人ばかり先に死んじゃうんだ。オイラがもっと悪いことを教えてあげればよかった」なんて話したけど、本当に喪失感は大きくてさ。

で、オイラは形見にゴルフ道具一式をもらったんだよ。

もちろん、一生大事にしようと思って引き取ったんだぜ。だけど何年も経ったら、ゴルフクラブなんてドンドン使えなくなるんだよ。ドライバーのヘッドも小さく感じるし、アイアンの性能だってゼンゼン変わってくるからさ。

とはいえ勝手に処分するのも悪いんで、せがれの太郎君に「これ、親父さんの形見だから」って返したんだよ。そしたら「え～っ」って迷惑そうな顔してたな（笑）。

車だともっと厄介だぞ。とくにキャデラックはデカいし、アメ車だから燃費も悪いし、長く乗り続けるのはなかなか大変だよ。

これからずっとあの車をガレージに置き続けるのはキツいだろうからさ。大悟には、10年経った頃に「あの車どうした？」って聞いてみたいね。形見にもらうなら、時計くらいがちょうどいいんだよな。

オイラの形見はどうするかって？　まだあんまり考えちゃいないんだけど、離婚もしちゃったし、きっと色々と面倒になるんだろうな。

これまでもらったトロフィーやらは世話になった浅草の演芸場にでも置いてもらうのが一番なんだけど、迷惑だって断られるかもな。結局、人間死んだら何も持っていけないんで、最期は身軽なのが一番なのかもしれないぜ。

渡哲也さんは「男の中の男」だった。あんなスターは、令和の時代じゃ生まれない。

受け継いだ「奢りの流儀」

志村けんちゃんだけじゃない。男として心から憧れた人も逝ってしまった。俳優の渡哲也さんだ。78歳で亡くなった。晩年は「現場にあまり出てこない」って聞いてたんで、心配してたんだけどさ。

振り返ってみれば、渡さんは体調を崩して大河ドラマの主演を降板したり、がんになったり、病気に泣かされた人生だった。本人はそれを嘆く様子は微塵も見せなかったけどね。

渡さんほど格好いい人はなかなかいなかった。オイラにとって一番印象深いのが、酒の席でのこんなエピソードだ。

昔、ラグビーの松尾雄治の誕生日祝いで行った西麻布のメシ屋で、偶然、石原軍団の若い衆を引き連れた渡さんと鉢合わせたことがあったんだ。

オイラは渡さんとちょっと面識があったんで、まずはひとりで挨拶に行ったんだよ。そしたら「おう、たけちゃん、どうしたの？　一緒にいるのはラグビーの松尾だよね？」って聞かれてさ。

それでオイラは「松尾は誕生日なのに祝ってくれるオネエチャンもいないんで、仕方なく祝ってやってるんです」って答えたんだよ。

それから自分の席に戻ったんだけど、渡さんは後から来たのにすぐに店を出ちゃってさ。一体どうしたんだろうと思ってたら、しばらくして店員がいきなり松尾に花束を差し出したんだよ。

花束には、「松尾君へ　誕生日おめでとう　渡哲也」って書いてあってさ。

一体、そんな短時間でどうやって花束を用意したのかわからないけど、松尾は「あの渡哲也さんから花束をもらえた！」って感動しきりだったよ。

で、オイラたちが腹一杯食ってから勘定をしようとしたら「お代はすでに渡さんからいただいておりますので」だって。

自分たちはほとんど食べないうちに店を出ちゃったのに、オイラたちの分まで払ってくれててさ。弟の渡瀬恒彦さんから「兄貴は息子にラグビーをやらせてる」って聞いたことがあったんで、もしかしたら松尾のことを応援してくれてたのかもしれないけど、それにしても初対面の相手に格好良すぎるぜっての。

『元気が出るテレビ!!』で一緒だった松方（弘樹）さんも豪快で太っ腹な人だった。収録の後はスタッフを引き連れていつも奢ってくれたしね。やっぱり銀幕スターの男気ってのは「粋」だな〜って感動しちゃったんだよな。

で、それ以来、オイラも浅草なんかで飲んでるときは、よく知らなくても若手の芸人やらに会ったら先に店を出て、みんなの分まで勘定を済ませておくようにしたんだよ。

あんまり言ったことはなかったけど、オイラがそうするようになったのは実は渡さんの影響なんだよな。

『BROTHER』での存在感

そんな縁もあって、オイラが映画『BROTHER』を撮るときに、「ちょっとで構わないので」ってお願いして、ヤクザの大親分の役で出てもらったんだけどさ。

そしたらスタッフがみんな「渡さんが出る！」って張り切っちゃってさ。

スタイリストが「監督、やっぱり大親分ですから着物ですか？」って聞くから、「そうだな。着物でお願い」なんて軽く返しちゃったら何百万円もする紬を買ってきちゃって、衣装代がギャラより高くついちまったというオチなんだよ（笑）。

俳優陣はもっとガチガチでさ。大杉漣さんなんて、切腹するシーンで気合いが入りすぎて本当に気絶しちゃったんだから。オイラは芸人だけど、俳優を生業にする人たちからしたら、渡哲也ってのは〝神様〟みたいな存在だったのかもしれないね。

やっぱり舞台でも映画でもピンで映える、男の生き様を背負ってるのが一目でわかる人だからさ。

『西部警察』（テレビ朝日系）はど派手なドンパチのアクションも凄いけど、真ん中で引っ張る渡さんの存在感が凄かった。だからこそ、どんなにムチャクチャやっても荒唐無稽にならずに成立したドラマなんだよな。

『浮浪雲』で主演

だから1990年にテレビドラマの『浮浪雲』（TBS系）に役者として出たときは緊張したよ。時代劇で主演ってのは初めてだったし、1978年には同じ役を渡さんがやってたから、どうしても意識しちゃったんだよな。

だけど、渡さんの『浮浪雲』は、今に至るまで観ていない。その演技に引きずられちまうかもしれないと思ったんで、あえて観ないことに決めたんだよ。残念ながら視聴率はサッパリで、あいにくの「ハズレ雲」になっちゃったんだけど（笑）。

で、その現場じゃもうひとつ大変なことがあってさ。

オイラのカミさん役を大原麗子さんがやってたんだけど、なぜだか妙に気に入られちゃってさ。毎日オイラに手作りの弁当を作ってきてくれるんだよ。ありがたい話なんだけど、その頃は朝までジャンジャン飲み歩いてたから、昼間は何も食べる気がしなくてさ。いつも代わりに運転手に食わせて、弁当箱をきれいに洗って返してたんだよ。

でも女の勘で見抜かれちゃった。

「昨日の弁当は何が入ってた?」なんて聞かれて、「ウインナーと鮭、旨かったです」なんてテキトーに答えたら「そんなもの入れてない! 食べてくれてないじゃない」ってカンカンに怒られちゃってさ。「私の目の前で食べて!」って言われて、しばらく一緒に昼飯を食べることになっちまったんだよ(笑)。

大原さんは渡さんとも付き合いが深い女優さんだったんで、そんなところにもちょっと縁を感じたね。

渡さんが惚れた「裕次郎」

そんな渡さんが心底惚れた兄貴分の石原裕次郎さんってのは、一体どんな人だったんだろうな~。

実は、オイラは裕次郎さんに会ったことがないんだよ。

渡さんは裕次郎さんに心酔して、倒産寸前だった石原プロに全財産を持って入ったんだよな。あれほどの男がそこまでするなんて、凄い男だったのは間違いない。一度でいいから話してみたかったね。

昔、渡さんと対談したときも、そのことを話したんだ。

「オイラ、裕次郎さんの熱狂的なファンだったけど、全く違う世界の人って感じだった。〝葉山〟って聞いても、外国のことだろうと思ってた（笑）」ってね。

昔、よく海辺で撮った裕次郎さんの写真ってのが雑誌に載ってたんだよ。横縞のシャツ着て船乗りの帽子かぶって笑ってるヤツ。で、横にモーターボートがあってさ。憧れたよ。で、ガキの頃、仲間のみんなで荒川に行って、当時1時間50円の手こぎ船を借りてさ。スーパーカブの後輪を水中に入れて回せば進むだろうってやってみたわけ。そしたら船が転覆してみんな溺れちゃった（笑）。

そんな話をしたら、渡さんは「わかるわかる」って感じで頷いていたね。

で、その後ボソッと話してくれた渡さんの裕次郎評が格好いいんだ。

「僕にとってはあるときは父親だったり、あるときは兄貴だったり、またあるときは友であったりした。決して説教がましいことは言わないけれど、『俳優である前に人間であれ、もう、そういう時代が来ているんだ』と話をしてくれた」って。

ああ、裕次郎さんにやっぱり会いたかったたって思ったね。

立つ鳥跡を濁さず

渡さんが亡くなるちょっと前に石原軍団の解散が発表されたけど、まさにその流れも渡さんらしかったよな。

きっと渡さんは自分の死期を悟ってたんだろうね。自分がいきなり亡くなって周囲の人たちが困らないように、生きているうちにいろいろ整理したかったんだと思うよ。まさに「立つ鳥跡を濁さず」でさ。渡さんは気遣いの人だったから、最期まで自分より周りのことを気にしてたに違いないね。

裕次郎さんにしても、渡さんにしても、こういう大スターは今後もう出てこないかもしれない。こんな凄い人たちはなかなか現れないという意味ももちろんあるけれど、どちらかというと「文化」とか「時代背景」が大きいよね。

渡さんにも対談で話したんだけど、今の時代に裕次郎さんと顔もスタイルも全く同じ人がいたとしても、あの裕次郎さんにはなれないと思うんだ。今はテレビの視聴率も落ちていて、娯楽も細分化されている。だから家族がみんなで楽しんだり、次の日の学校や会社で話題になるようなドラマなんてなかなか生まれないんだよな。

プロ野球にも同じことが言えて、いくら技術が向上したとしても長嶋茂雄・王貞治みたいなスターは生まれっこない。結局、スター不在は取り巻く社会のほうの問題なんだよね。二度と出ないというより、「二度と出せない」ってのが本当のところなんだ。

竹内結子も、三浦春馬も……
「コロナ時代の閉塞感」に向き合うヒントとは。

「芸能界にこんな女の子がいるなんて」

同じ「死」でも、けんちゃんや渡さんみたいな逃れられない「死」と、自ら選んでの「死」では、大きく意味が違ってくる。

新型コロナウイルスの感染が拡がってから、どうも社会全体がどんよりした空気に包まれてしまっていて、そのせいか、不幸なニュースも続いている。国内の自殺者は2020年の7月からずっと前年比増だったり、ドンドン増えているという。

芸能界でも三浦春馬や竹内結子みたいな人気者が自ら命を絶ってしまった。

竹内さんとは7年くらい前に、松本清張原作のドラマ『黒い福音』（テレビ朝日系）で共演したんだ。オイラが主演の刑事役で、彼女は宗教にのめり込む女性信者という難しい役だった。

現場でも感じがよくて、気遣いのできるさっぱりした人だった。「芸能界にこんなスレていない女の子がいるんだな」と感心したよ。

本当に惜しいことだし、世間が「こんなに綺麗で、幸せな家庭もあるのになんで……」と思うのは当然だ。だけど忘れちゃいけないのは、それはあくまでも「客観的評価」だってことだ。

この人が、自分自身の仕事や生活をどう思っていたのかという「主観」の部分は結局誰にもわからない。ネットなんかじゃ「産後うつ」だとか推測されているらしいけど、人間の死ってのは、そんなに単純な理由で割り切れるもんじゃない。

きっと色々と複雑な要素が積み重なってのことなんで、本人ですら「○○が理由だった」なんて、言葉で簡単に説明できやしないんじゃないかな。

バイク事故当時の精神状態

オイラもバイク事故（1994年）で1回死んだようなもんだ。だけど、あの当時のことを振り返ろうとしても、正直よく思い出せない。なんでわざわざバイクに乗ったのか、そんなことすらわからない。だけどその頃のオイラが「何のために生きているのか」ってことばかり考えていたのは確かだ。

テレビの仕事は成功してるし、カネだってジャンジャン稼いでるんだけど、まだ映画のほうはゼンゼン評価されていない時期でね。誰に何を言われたわけじゃないけど、「もう才能終わってんのかな」と鬱々としてさ。「どうでもいいや」なんて投げやりな感じは、どこかにあったのかもしれない。

オイラ自身、あれから30年近く経っても当時の自分の感情を把握しきれてないんだから、他人の死の理由を推し量ろうなんて無理な話だよ。

ただひとつ言えるのは、日本の芸能界は「余生」が長くて大変だってことだ。早いうちにスターになっちまうと、そのときの勢いだとか熱量みたいなものを、その後も維持し続けるのは難しい。ちょっとでも油断すると「この先の人生、もう大したことはできないんじゃないか」という恐怖が心を支配し始める。まさにそんな不安が、バイク事故の頃のオイラにあったんじゃないかという気がしている。

「死んでたまるか」の時代

だけど、さらにさかのぼると、芸人として世に出るまでのオイラには全く別の感覚があった。それは、「死ぬのが怖くて怖くてたまらない」という思い——言い換えれば、「何もやり遂げないうちに死んでたまるか」という焦りのようなものだった。

最近暇があったらいつも小説を書いているんだけど、2020年の10月に出した『浅草迄』って本では、オイラが浅草にたどり着くまで、新宿あたりでブラブラしたり、タクシー運転手やらのアルバイトで食いつないでいた頃を書いている。

足立区の下町で過ごしたガキの頃や、フランス座で師匠の深見千三郎さんたちと過ごした浅草時代については、いろんなところで話したり書いたりしてきた。

だけど、高校から大学にかけて、とくに浅草に行き着くまでの時代は、これまでしっかり話したことがなかった。

それはやっぱり人生で一番悶々としていた時期だったからだろう。さっき話したように「死ぬのが怖い」と考えていたのが、まさにこの頃だった。

高校・大学の不完全燃焼

高校生活は、自分のせいと言ってしまえばそれまでなんだけど、何も考えることなく、ただダラダラと学校に顔を出すだけの日々だった。

都立高校だからそんなに馬鹿でもないけれど、とはいえ東大・京大など国立のいい大学に入った利口な奴は誰もいない。オイラは相変わらず勉強そっちのけで遊んでばかりいた。

じゃあ大好きだった野球に打ち込んだかといえば、そっちも中途半端だった。野球少年の夢といえば甲子園を目指すことだけど、オイラの高校の野球部は硬式ではなく軟式で、みんな下手だったし、たいした達成感も思い出もないまま終わってしまった。

で、その不完全燃焼は大学時代も続いた。

なんとか入った明治の工学部は、オイラの時代からお茶の水の駿河台ではなく、神奈川県の生田の新校舎に移っていて、実家から2時間かけて通わなければならなかった。足立区の梅島駅から北千住へ出て、常磐線に乗って日暮里まで。それから山手線で新宿へ出て、小田急線で向ヶ丘遊園だよ。もうヘトヘトになってさ。毎日こんな思いをして学校に通うのかと、初めの一週間で嫌気が差した。

母ちゃんが「これからの時代はエンジニアだ」というから工学部に入ったけれど、自動車メーカー志望の同級生が教室で話している「○○が開発したエンジンはすごい」なんていう話にはまるで興味が持てなかった。それもあって、授業にはほとんど出ていない。

普通に仕事をして、給料をもらって、家庭を持って——、高度経済成長のこの時代、ニッポン中がみんなそういうステレオタイプな「幸せ」を目指していたし、オイラ自身も「おふくろ」というフィルターを通して、それを強要されていた。だけど、どうもその流れに馴染めずにいたんだよね。

そんなとき、何より魅力的に映ったのが「新宿」という街だった。ジャズだったり、寺山修司の天井桟敷や唐十郎の紅テントだったり、横尾忠則の絵だったり……。その時代の新しい文化みたいなものが芽生えてて、ガツンと洗礼を受けた。

大学に行くには新宿駅で小田急線に乗り換えなきゃいけないんだけど、1年生の夏休みが終わる頃には、ジャズ喫茶に入り浸って、もう新宿より先にはほとんど行かなくなっていた。そこで見聞きする色々な新しいことに影響されては、どこかで聞きかじった浅い知識を蓄える毎日だった。

オイラは逃げたんだ

こう話すと、「たけしは新宿で感化されて芸の道を目指すようになった」——そう解釈されるかもしれない。でも、実態はそんなにカッコいいもんじゃなかった。

当時、ジャズ評論にかかわろうか、それとも映画関係に進もうか、なんて考えたこともあった。新しい文化に触れたいんだったら、唐十郎や寺山修司のところに行ったっていいはずだ。

結局のところ、オイラにはその勇気がなくて、逃げたんだ。憧れだけはあるけれども、実際にアングラ芸術や文化的なものを自分でやれるのかというと話はまるで違う。その一歩を踏み出すことができなかった。

だけどなぜだろう、行き詰まったときに上野で落語を聴いたり、浅草で演芸を見たりすると、「これなら自分にもできるかもしれない」とイメージができた。それは新宿の文化と違って、自分が生きてきた下町の世界と地続きだって気がしたんだ。

オイラはだいぶ後になって、「浅草」や「漫才」という自分にとって「第一志望じゃなかったもの」を根城にして、映画だとか芸術みたいな分野に攻め込んでいくことになる。あくまで結果論だから、それが正解だったのかはわからない。だけど「急がば回れ」ってことが人生にはあるんだよな。すぐに夢が実現するのが幸せだとは限らない。

若いときはとくにそうだけど、人間、「一番好きなことができないともうお先真っ暗」って考えちまうことも多い。

だけど仕事の成功っていうのは、あくまでも「他人の評価ありき」であって、一番好きなもの、自分がのめり込めるものでそれを得られるとは限らない。

もしかしたら「自分が一番好きなこと」じゃなくて、「二番目か三番目に好きなこと」くらいのほうが、自分を客観視できて成功する可能性も高いかもしれないんだよな。

他者の評価ではなく、自分のために

最近オイラはよくピアノを弾いている。もう小学生がやっているのと同じようなレベルでやっている。だけど心の中では、死ぬまでにちゃんとした交響曲を弾いてやろうとか、フジコ・ヘミングみたいな演奏をしてやろうとかそんな野望を持ってるわけ（笑）。

無理かもしれないことは自分が一番よくわかってるんだけど、それでもやるのが大事なんだよね。「他人からの評価」じゃなく、自分が決めたところに向かっていく。そう考えることができれば、どんな小さなことでも、それだけで「生きていく理由」になるんじゃないか。

もしかしたら、この歳になって小説を書き出したのも、そういうことなのかもしれない。やっぱり歳を取ると、アドリブが利かなくなるんだよ。「このタイミングでコレを言えばウケる」って、自分じゃ「間」も「言うべきこと」も全部わかってるのに、言葉が出てこない。昔、ジャンジャン漫才やってるときは、考える前に言葉がスラスラあらゆる状況で出てきたんだけど、今はそうはいかない。

だけどそれに絶望している暇はない。文章なら、書き直したり、推敲もできるからね。小説は、そうやってひとつひとつ積み上げていくことができる。今はそれがとにかく楽しいね。

どんなに小さなことだって構わない。そうやって「自分の中でコツコツ積み重ねていくこと」――もしかしたら、それがこんな時代を悲観せず、生き抜くヒントになるんじゃないだろうか。

SNSの誹謗中傷を見て「死にたい」と嘆く前にスマホをぶっ壊す勇気を持ってほしい。

スマホは根性無しの悪意のはけ口

さっき竹内結子や三浦春馬の自殺の話をしたけど、ひとつ大事なことだと思うから、ちょっと付け加えておきたい。

最近の自殺は「ネット絡み」のことが多い。韓国の人気女優が死んだ理由に「SNSで叩かれたから」というのがあった。ニッポンでも、リアリティー番組に出演した若い女子プロレスラーが、ネットでジャンジャン悪口を言われて命を絶つきっかけになったらしい。

本当に心が痛むんだけど、できればそういう人たちには、そこまで自分自身を追い詰めてしまう前に、目の前のスマホをぶっ壊す勇気を持ってほしかった。

「ネットは世界とつながる素晴らしいツール」みたいに言われてるけど、本当にそうか？実際は現実世界で何もできないヤツラが、悶々としたものを誰かにぶつけるはけ口になってるようにしか思えない。

もしフライデー事件やバイク事故やらでオイラが世間を騒がせていた時期に、今みたいにネットがあったらジャンジャン叩かれて大変だったろうな。

きっと「死ね」どころじゃない悪口や批判で、毎日ボコボコにされてたんじゃないか。今だってオイラはテレビでの発言の一部を切り取られて、ネットニュースのネタにされてるけどさ。でもオイラは自分がネット上でどう批判されてるかなんて気にしないし、どうでもいい。

芸能人やアスリートがＳＮＳやネットの掲示板を見るなんて、狭いニワトリ小屋に自分から入っていくようなもんだよ。

リンチみたいにいろんなところから突かれまくって、ボロボロにされちまう。損することはあっても、得することは何もないんだよな。

ずっと言ってることだけど、スマホは現代の「年貢」だし、「手錠」だよ。みんな四六時中それに縛られてるし、おまけに毎月の通信費まで取られてる。今後いくら菅首相が通信費を下げることができたとしたって知れてるよね。儲かるのは依然、電話会社とネット企業ばかりだ。

こんなもんに依存するより、電源を切ってリアルな世界とちゃんと向き合ったほうがよっぽど建設的だよ。

スマホを捨てよ、街に出よう

最近は、女子高校生や大学生だけじゃなく、いい歳した社会人もスマホがないと不安で仕方がないらしい。

忘れれば遅刻しそうでも家に取りに帰るし、電池が切れそうになるとウロウロしてコンセントや充電器を探しに走る。電話やメールが確認できなくなるからというけれど、それが一分一秒を争うような話とは思えない。本当にヤバイ案件なら、会社のデスクにでも出張先にでも連絡はくるはずだ。「必要だから」と言うより、もはや依存症に近いんじゃないかとすら思えてくる。

オイラがジャンジャン仕事をしていた80年代、ケータイなんかなくても世の中とつながっている感覚が持てた。それはオイラが有名人だったから特別なわけじゃなく、当時を生きた人はみんなそうだったはずだ。

それなのに、四六時中世間とつながっていられるはずのツールができたのに、社会を見渡せば孤独死や自殺者であふれている。

スマホやケータイじゃ孤独は解消できない。それは火を見るより明らかだ。

第3章

ニュース・テレビの「お騒がせ事件簿」

岡村の「フーゾク発言」はセンスがなかったけど、結婚を機に「新しい笑い」を見つけてほしい。

結婚発表前に報告があった

コロナで暗い話が続く中でも、めでたかったのがナインティナインの岡村（隆史）の結婚だな。アイツが結婚を発表するちょっと前、一緒に『たけしのニッポンのミカタ！』（テレビ東京系）って番組をやってる国分太一を通して、ウチのマネージャーに岡村から報告があったんだ。そういうところは義理堅いヤツなんだよな。

岡村といえば、コロナで一番やらかしちまった芸人のひとりかもしれないな。緊急事態宣言最中の4月、ラジオの『オールナイトニッポン』（ニッポン放送）で、

「コロナが明けたらカネに困った美人が風俗嬢になるから楽しみだ」みたいな話をして大問題になっちまってさ。NHKの出演番組（『チコちゃんに叱られる！』）の降板を求める署名運動まで始まったり、ドンドン騒動が大きくなって、結局謝罪することになっちゃった。

もう過ぎたことだし、付き合いのある岡村のミスを今さら蒸し返すのは本意じゃないけれど、オイラの「笑い」と「時代」に対する考えを話すために、この件をちょっと振り返ってみようかと思う。岡村、悪く思わないでくれな。

情報に昼も夜もなくなった

まず大前提として、芸人は「笑えない話」「オチのない話」はやっちゃダメなんだよ。この発言で笑うヤツがどこにいる？　誰もクスリともしないよな。他人を傷つける話をして、それで笑いも取れないとなると、それは芸としては「下の下」ってことになっちまうんだよ。

オイラがこんなことを言うと、同じオールナイトニッポンをやってたこともあって、

「お前もラジオで社会のタブーやら老人イジメをやってただろ。偉そうなことを言うな」という意見が出るかもしれない。ごもっともなんだけど、オイラは何も考えずにただ喋ってたわけじゃない。自分なりに時代の雰囲気を考えて、「笑いにしていいこと」と「ダメなこと」のギリギリを突いてきたんでさ。

その点、オイラがラジオをやってた頃と今とじゃ空気がまるで違うんで、そのコードも自ずと変わってくる。それを理解しなきゃさ。

まず「深夜放送」なんてとっくに終わった概念だよ。昔の深夜ラジオってのは熱心なリスナーだけが聞くものだったから〝内輪ウケ〟を理解してもらえたし、内容もある程度好き勝手できた。

でも最近は深夜のテレビやラジオで喋ったことも面白おかしく切り取られて、ネットで四六時中記事にされる。もう情報に朝も昼も夜もなくなったんだよ。「深夜だからお目こぼし」なんて時代じゃない。

それに新型コロナに直面している今の状況は、かつてないほど深刻だからね。これまでの前例や経験則はまるで当てにならないし、ニッポン全体が厳しい現実にぶち当たっていて、まるで余裕がなくなってしまっている。そんなピリピリした中で発言するなら、頭をフル回転させてやらなきゃダメなんだよ。

「ラサール石井の話」はなぜ叩かれないか

今から30年近く前、バブルの時代のちょっと後にオイラがよくネタにしてた「ラサール石井の話」ってのがあってさ。

最近じゃ政治に何かと文句をつけるキャラクターになっているけれど、ラサールはバブルの頃、銀座のクラブに毎晩通って、ウン十万、ウン百万と使ってホステスを口説こうとしてたんだよ。だけどゼンゼン相手にされなくて、最後までヤレなかったわけ。で、その後バブルが崩壊して新宿の風俗に行ったら、その女が出てきたの。ラサールは喜ぶどころかズッコケて、「カネ返せ！」って怒ったというオチなんだよな（笑）。

ラサールというキャラを使っちゃいるけれど、ネタの構図は岡村が言ったこととほとんど変わらない。でも当時は受け入れられたし、ちゃんとウケた。でも、浮かれて異常だったバブルの頃なら笑えたネタでも、底が見えない今の時代でやっちゃダメなんだよな。

もうひとつ気になったのは、あの騒動の後、相方の矢部浩之がラジオで岡村を公開説教した件だよ。相方として助けてやるつもりだったんだろうし、2人の友情は認めるけど、アレはあまりいい手じゃなかったと思うんだよな。

騒ぎは多少沈静化したかもしれないけど、結局、岡村は世間から同情されちゃった。芸人なんてのは世間からちょっと憎たらしく思われてるほうがよっぽどマシで、一度憐れみの対象になったら、その後何をやっても笑えなくなっちゃうんでさ。

実の母が「死刑にしてください」

そういう意味では、オイラの母ちゃんのほうがよっぽど芸人ってものの扱いを理解してたね。

フライデー事件でオイラが叩かれたとき、母ちゃんは「あんなどうしようもないのは、死刑にしてください」って言ったんだから。実の親が許しを乞うどころか、世間の誰よりも強烈なことを言ったものだから、みんな唖然としちゃったんだよな。最近、芸能人の2世タレントが問題を起こして、親が「申し訳ありませんでした」と頭を下げることは多いけど、こういう人は珍しい。

だけどオイラの母ちゃんは全部計算でやってたんだよね。

「そうでも言わないと世間が納得しない」って、よくわかってたんだと思うよ。矢部はせっかくなら、マジメに説教するんじゃなくて、芸人らしくひねりの効いた「笑い」にしてほしかったところだよな。

まァ、岡村はそういう大変な状況の中でも支えてくれるオネエチャンがいたわけで、大事にしてほしいね。

岡村はさんまだとか、今田耕司みたいな独身芸人と「アローン会」ってのを結成してたんだって？　そこからは強制退会だろうけど、今度は「モテないネタ」以外で笑わせてくれっての！

コロナでワンサカ出てきたコメンテーターなんて、テレビにとっちゃ「使い捨て」だ。

「岡田晴恵ブーム」はどこ行った?

コロナでよくわかったのは、「テレビコメンテーター」というものの適当さだ。一時は、どこのワイドショーを観ても感染症の専門家や医者が出ていて、とくに岡田晴恵さんって大学教授は引っ張りだこだった。コロナの感染が広がれば広がるほど垢抜けてきてるのは、ブラックジョークみたいだったよな。まァ、最近じゃ視聴者が飽きちまったのか、視聴率が取れなくなったのか、姿を前ほど見なくなっちまったけど。

この分じゃ、そのうちウイルス騒動で有名になったコメンテーターの中から、政界に進出するヤツが出てくるんじゃないの。90年代のオウム事件のときも、江川紹子や有田芳生みたいなジャーナリストが一躍有名になって、とくに有田は参議院議員になっちゃった。今度も同じことが起こるんじゃないかってね。

大きな事件やアクシデントっていうのは、色々な人の運勢や人生を変えちゃうもんなんだよな。

コメンテーターなんてバカでも務まる

だけど、コロナに限らずワイドショーのコメンテーターなんてロクなのがいない。ちょっと前にはショーンKってヤツが有名になったよな。テンプル大学卒業、ハーバードでMBA取得なんて輝かしい経歴が全部ウソだった。しかも、子供の頃のあだ名は「ホラッチョ」。ちょうどその頃、オイラが『オールナイトニッポン』をラジオでやっていて、「ホラッチョ宮崎」という浅草の芸人をネタにしてたから、きっとコレが元ネタなのは間違いないね。

まァ、ショーンKぐらいウソ臭けりゃまだ笑えるんだけど、もっとタチが悪いのがさも

「立派そうな経歴」でマジメな顔してテキトーなことを話してるヤツラ。

よくよく聞いてみたら、もう当たり前のことしか言っちゃいない。政治のスキャンダルの話が出りゃ、「国民に説明する義務があると思いますね」だし、食品や医療に関係する事故が起きたら「国民の安全・安心を守ってほしい」「企業には早急な対応が望まれます」だもんな。定型文を何も考えずに使い回しているのがバレバレだよ。

だからといって、過激だったり配慮のないコメントをしようものなら〝炎上発言〟とかネットで叩かれて「ハイ、明日からスタジオに来なくていいですよ」で終わり。つまりテレビなんてのは、本質的な議論なんか求めちゃいないんだよ。ジイサン・バアサンや主婦が、ボーッと観ていても右から左に流れていくような、当たり障りのないコメントのほうがいいわけだからね。

それじゃあ、深みのある議論なんて望むべくもない。その時代その時代の〝顔〟が使い捨てでローテーションされているだけなんだ。

立川志らくの「着物でテレビ」は、あの世の談志さんも気に入らないはずだ。

着物は権威と紙一重

いつもテレビで色々とコメントしてるけど、きっとコロナのおかげで内心ホッとしてるのが、落語家の立川志らくだよ。

コロナが爆発的流行になるちょっと前に、若いヨメさんと弟子が隠れて不倫してたのを週刊誌に撮られちゃってさ。

本人は「この程度のことなら夫婦仲は壊れない」「離婚は1億%ない」なんて平静を装ってたけど、ありゃ大変だぞ〜。これじゃ、おかみさんを出入りの若造に寝取られる「紙入れ」って落語の噺そのままじゃないかってさ。

オイラみたいに自分がオネエチャンの件で叩かれるのも気分悪いけど、こっちはもっと恥ずかしいよ。もしコロナの話題がなかったら、志らくはもっとマスコミにイジられてたはずなんだよな
そういえば、オイラがイベントで志らくのことを「落語家が着物着てテレビに出てるうちはダメだ」って言ったのが、ネットで話題になったんだって?

そのせいで、どうやら「たけしは志らくが嫌いなんだな」みたいに言われてるようでさ。

オイラはとくに、好きでも嫌いでもないんだけどさ。

だけど、なんだかオイラの言葉が中途半端に解釈されてるみたいなんで、わざわざ言うのは野暮なんだけど、ちょっと説明しとくかな。

最近は、芸人が情報番組のコメンテーターなんかをやることが増えたけど、本来、芸人や落語家ってのは社会常識とは逆のことをあえてやったり、ナナメからイジったりして皮肉るのが仕事みたいなところがあってさ。

だからオイラは、ニュースや情報番組に出てはいるけれど、あんまり真正面から正論を

振りかざすのはエラそうで好きじゃないんだよ。

『ニュースキャスター』じゃ、マジメな話は安住（紳一郎）や専門家の人に任せて、ちょっと違う視点のことを言うようにしてる。そうじゃなきゃ、芸人がニュース番組なんかに呼ばれる意味がないんでさ。

だけど志らくみたいに朝の情報番組で着物を着てど真ん中の席に座ってちゃ、それができなくなってしまうんだよ。

着物姿で仰々しくMCなんかやってると、まさにニッポンの伝統を背負ってるようなイメージに見られちゃうからね。本当はしがない芸人のはずが、まるで何かの権威みたいに見えちまうんだよな。

それは芸人としてもマイナスだし、中立な立場でコメントしなきゃならない司会者としてもイマイチだと思うからね。

談志さんは「規格外」だった

オイラが言いたかったのは、志らくがその本質に気付いてないんじゃないかってことでさ。ちょっと考えればわかるはずなんだよ。なんせ志らくの師匠はあの立川談志さんなんだからさ。談志さんは高座に上がるときは着物だけど、テレビじゃ必ず洋服だったからね。昔、『TVタックル』（テレビ朝日系）にゲストで出てもらったことがあってさ。オイラは「談志さんにこの場を引っかき回してもらおう」って企んでたんだよ。だけど、いざ本番が始まったらデストロイヤーのマスク姿で出てきちゃって、いくら話を振ってもゼンゼン喋らないんだよ。

で、最後に一言「納豆は旨い」ってワケわかんないこと言って帰っちゃった（笑）。コメンテーターとしてはムチャクチャだけど、それが芸人ってもんなんだよな。

渡部が叩かれたのは「女遊び」のせいじゃない。人を人とも思わない「遊び方」のせいだ。

ワイプでオイラを抜くんじゃない

立川志らくは上手いこと〝炎上〟を免れたけど、同じ不倫ネタでも悲惨だったのは俳優の東出昌大だったね。女優の杏という奥さんがいるのに、唐田えりかって若手女優と関係していたことがバレちまったんだよな。

取材会見じゃ、マスク姿のレポーターたちにズラッと囲まれて、次から次へと厳しい質問で責め立てられてさ。「奥さんと不倫相手、どっちが好きか？」なんて聞かれてたぞ。バカヤロー、そんな質問、答えられるわけねェだろ（笑）。どう答えたって批判されちまうんで、そりゃ黙っちゃうしかないよな。レポーターたちは、きっとコロナ一色で芸能ニュースが少なくてネタ枯れだったから、その鬱憤を全部ぶつけてたんじゃないかってさ。

東出も厳しい扱いだけど、より大変なのが不倫で全番組を降板しちゃったアンジャッシュの渡部建だよ。

スクープした『週刊文春』によれば、六本木ヒルズの地下の多目的トイレにオネエチャンを呼び出してヤッてたんだって？　ヨメさんが美人で有名な佐々木希ってこともあって、なおさら世間から「許せない！」って言われてるわけなんだけどさ。

このテの話を、テレビでオイラに「どう思いますか？」って振ってくるのはやめてほしいよな。オイラなんて若い頃からもっとロクでもないことをサンザンしてるんで、何も言えないんでさ。

『ニュースキャスター』でこの話題を扱ったときも、わざわざリモート出演のオイラの顔をワイプで抜いてきやがってさ。コノヤロー、何かエラそうなことを言ったら、こっちが叩かれちまうよ。

不倫をネタにできない芸人なんて

だけど、渡部みたいな「顔のいいヤツ」ってのは、女のほうから寄ってくるから総じて淡白なヤツが多いって相場が決まってるんだけどな。まァ、そのくらい貪欲じゃなきゃ、絶世の美女と言われる女優に言い寄ってヨメさんにしたりはできないのかもしれないぜ。

世間じゃ渡部の不倫が許せないって話ばかりだけど、どちらかというと問題は「コトが済んだら1万円渡してバイバイ」ってとこなんじゃないか。それって見方を変えれば、立場の弱い女に言い値で売春させてるようなもんだからね。

そういう風にオネエチャンを舐めてたんじゃ、恨まれてこんなことになっちまうのも仕方がない。

芸人なんて総じて女好きだし、とりわけオイラは渡部のことを悪く言う資格はないけど、それでもひとつだけ言えるのは「一流の芸人は遊び方も上手だった」ってことだよな。昔から「さすが」と思わせる芸人は、関わったオネエチャンをみんないい気分にさせてきたもんなんでさ。

今回は、好感度で売ってきたタレントが見えないところでは都合のいいオネエチャンたちに人を人とも思わないような態度を取ってて、結局は色欲よりそっちのほうが世間を失望させたわけなんでさ。

そりゃ、高校野球の仕事なんてできなくなるよ。今回のスキャンダルを、どうやって高校球児の前で説明するんだ？　渡部が高校野球を論じて「青春ですね～」「汗と涙がたまらないんですよ～」なんて言ってもみんな鼻で笑っちゃう。

さっき言ったとおり、オイラは渡部が不倫しようが何しようが構わないんだけど、芸人として言わせてもらえれば、コイツの場合は「笑えない」のが痛いよな。

これなら、アイドルの不倫のほうがよっぽど笑えるぜ。元「モーニング娘。」の矢口真里の「間男連れ込み不倫」とかさ。当時、『アサヒ芸能』は矢口のことを「メイク・ラブマシーン」と命名してたし、オイラもソッコーで『LOVEマシーン』の替え歌をやったしね。〝モーニング娘。はWOW・WOW・WOW・WOW♪　不倫の現場も家・家・家・家～♪〟ってね。バカバカしいったらないんだけど、芸人やタレントだったらそうやって「ネタ」にしてもらったほうが得だ。俳優の原田龍二ってのも、車の中での〝車中不倫〟がバレた後は、仕事を選ばず半裸になったりしてテレビに出まくってるしさ。僭越ながらオイラも「離婚体操第一」って自虐ネタをやったしね。

だけど渡部にはそういう愛嬌がないし、あまりにドライで世間を引かせてしまった。そういう意味じゃ、本当の芸人と言えないいんだろうな。

「美人の奥さんがいるのに」という暴論

世間のほうもどうかしてると思うのは、「佐々木希という美人な奥さんがいるのになぜ不倫をするのか」って意見だよな。それってよくよく考えると、ムチャクチャ差別的な物言いだぞ。

逆に言えば、「奥さんがブスなら不倫するのもわかるけど」ってことになっちまう。セクハラとかパワハラとか、コンプライアンスに過敏になってる社会なのに、そこには誰も突っ込まないいんだから、ニッポンってのはチグハグな国だよな。

芸人が「コンプライアンス」で叩かれるのは、「マジメな仕事」に手を伸ばしたしっぺ返しだ。

芸人は「品性を求められる仕事」をしちゃいけない

そういえば、お笑い第7世代って呼ばれてる「霜降り明星」のせいやも、同じ時期にパソコンのオンライン通話でポコチンを丸出ししちゃったのをオネエチャンにバラされちゃったんだって？　まァ、それぐらいのことはどうでもいいんだけど、呆れるのはこれくらいのことで週刊誌やらに売られる時代になっちまったってところだよな。

いや〜、オイラは勃たなくなってからこの令和の時代を迎えたことに感謝するね。オイラが今もし30代だったら、渡部やせいやどころの話じゃないよ。きっと島田洋七と一緒に死刑になってるね（笑）。あの頃はオネエチャンをとっかえひっかえ遊んでたけど、誰からも責められなかった。ゆる〜い時代で助かったよ。

最近は芸人に対する世間の目が厳しくなって、いろんなことで叩かれてるけど、それはきっと芸人が「高校野球」だとか「コメンテーター」だとか、品性を求められてる仕事をやりすぎてるせいもあるね。

若い芸人なんて、「お下劣」「低俗」と言われようが、笑わせたもん勝ちなのに、自分から「マジメ」のジャンルに飛び込んでいくからおかしくなるんだよ。

そもそも芸人なんてのは、品行方正に生きられないヤツが選ぶ仕事だ。こんなにコンプライアンスがうるさいと、こっからの時代、本物の芸人は絶滅危惧種になっちまうぜ。

どうにか芸人を救うために「芸人保護法」ってのを作ってくれないかな。税金はキチンと納めるし、選挙権も年金も全部放棄する。その代わりに、多少の素行の悪さは見逃してもらえるという法律でさ。今後の選挙でそれを公約にしてくれたら、オイラが応援演説に駆けつけるぜ。

マッチも瀬戸大也も……「不倫で活動自粛」なら誰もテレビに出られない。

自粛するほど出てないぞ

かつてのスーパーアイドルも、不倫スキャンダルでは大ダメージを受けてたね。マッチこと近藤真彦が、25歳年下の美女と「5年不倫」をしてたと『週刊文春』に報じられたわけだけどさ。

この件もオイラにとっちゃどうでもいいんだけど、気になるのが処分だよな。ジャニーズ事務所から「無期限の芸能活動自粛処分」を受けたって言うんだけどさ。オイオイ、こんなので活動自粛してたら、ほとんどの芸能人はテレビに出られなくなっちゃうんじゃないの？　オイラなんていの一番に消えなきゃいけない。「たけしの顔をモザイクで隠せ」ってなっちまうよ。

だけどマッチって、そもそも「自粛します」なんて言わなきゃいけないほど、テレビに出てたのか？　そんなに見かけないけどな〜。CM出演もあったみたいだから、それなりに大きなペナルティなのかもしれないけど、たまにしか見かけないのに「自粛」ってのは笑っちゃう。そのうち、テレビで見なくなったタレントがわざとスキャンダルを起こして「自粛します」を連発し始めるんじゃないかっての。

瀬戸の不倫相手はウソでも腰使いを褒めてやれ

それにこの頃は、芸能人だけじゃなくアスリートもパパラッチに狙われてるね。競泳の日本代表の瀬戸大也も不倫がバレて叩かれてた。

スクープした『週刊新潮』には、「情事後はクイックターンでイクメン子守」とか「メドレー不倫」とまで書かれてさ。〝ニッポンのタイガー・ウッズ〟みたいな扱いで、スポンサー撤退、東京五輪の主将も辞退、そのうえ当面は試合に出られないという状況になっちゃった。ついに「五輪に出すな！」という声まで上がってさ。政治家や経営者じゃないんだから、スポーツ選手に貞操観念まで求めちゃいけないよ。

だけど、瀬戸との関係を暴露した女が、「セックスがつまらなかった」なんて話しているのはさすがにやりすぎだよ。

そこはウソでもいいから、「バサロで鍛えた腰使いは凄かった」って、トップアスリートとしての尊厳を守ってやれっての！

覚醒剤所持で逮捕の槇原敬之は
新曲『もうヤクなんてしない』で復活しろっての。

TBS「マッキー事件」

不倫ともうひとつ、芸能人の不祥事の代表格といえば「クスリ」だよな。

田代まさし、清水健太郎みたいな〝常連組〟に最近加わったのが、歌手の槇原敬之でさ。

コロナ大流行直前の2月に、覚醒剤所持で21年ぶりに捕まっちゃった。

で、その逮捕直後の『ニュースキャスター』の収録が大笑いだったんだよ。なんとオイラのすぐ近くの楽屋に「マキハラ様」って貼り紙がしてあってさ。

「さすがTBS、こんな渦中にマッキー本人を出演させるのか、スゲエな」ってことで、弟子に「様子を見てこい」って偵察に行かせたわけ。

そしたら弟子が帰ってきて、「殿、3連発の槙原さんでした」って言うんだよ。

「え、所持だけかと思ったら、3発も打ってたの！　そりゃ完全にジャンキーだな」

ってオイラが言ったら、

「違います！　バース・掛布・岡田からバックスクリーン3連発を打たれた槙原寛己さんです！」

だって（笑）。

『ニュースキャスター』の後にやってる『S☆1』に出てる元巨人の槙原だったというオチなんだよな。

吸引は『世界に一つだけの鼻』から

話を戻すと、クスリで捕まったほうの槙原はサンザンな言われようだったよな。どこかで「覚醒剤は歯をボロボロにしてしまうんです、この顔を見てください」みたいに言ってたけど、バカヤロー、アイツの歯並びはデビュー当時からガタガタだろって（笑）。

それに、槇原はみんなが知ってる代表曲があるのもネタにされやすいよな。

「きっと槇原は『どんなときも』クスリをやってたんだろうね」

「おそらく『世界に一つだけの鼻』から吸ってたんじゃないの」

「復帰してから歌うのは『もうヤクなんてしない』に違いないよ」

なんてさ。

『世界に一つだけの花』なんて道徳の教科書にも載るような曲なんで、作った本人が道を踏み外しちまうと周りも扱いに困るよな。結局のところ、アーティストの人間性と作品のデキなんてものは、全く関係ないということだよね。「心清らかな人だから、美しいメロディを作れる」なんてのは、幻想に過ぎない。

具体例は挙げないけど、泣ける曲を書いているヤツに限って実はメチャクチャ嫌味だったり、人情溢れる芝居をやってる俳優のプライベートがボロボロだったりってのは腐るほどある話でさ。むしろ作品や芸のスタイルと本人の性格は真逆ということのほうが多いんだよ。

もしかしたらアーティストってのは、作品に「自分らしさ」を投影するんじゃなくて、

「自分が持っていないけれど、欲しくて仕方がないもの」を表現したくなる生き物なのかもしれないぜ。

オイラが共演した伊勢谷友介は上から目線で違和感だらけだったよ。

勝新さんとは天と地の差

クスリといえば、俳優の伊勢谷友介も大麻所持で捕まってたな。オイラはタブーをイジるネタが大好きで、なかでも清水健太郎や田代まさしあたりはよくイジってきたんだけど、伊勢谷の場合はダメだな。コイツの場合、何にも面白くないんでさ。勝新太郎さんがパンツの中に大麻とコカインを隠し持ってたのがバレて、「これからはもうパンツを穿かないようにする」ってコメントしたのとはゼンゼン違う。法律も守れないし笑いも取れないっていうんじゃや、そもそも芸能界に向いてないんじゃないか。

伊勢谷とは『MOZU』って映画で共演したこともあるんだけど、どうもいけ好かなかったね。

「たけしさん、こんなバイクを作ったんですよ！　格好良くないですか？」

なんて写真を見せびらかしてきたり、向こうから積極的に絡んできたんだけどさ。

別にあっちから近づいてきてくれるのは構わないんだけど、なんだか「上から目線」というか、他人を見下すような雰囲気で愛嬌がなかったんだよ。

男前ではあるんだろうけど、一方で無味無臭というか、クセがない。「どうしても役者として使いたい」という気にならないんだよな。東京藝大卒のインテリだっていうのをウリにしていろんなジャンルの仕事に手を出してたみたいだけど、結局どっちつかずだよ。

伊勢谷はどうしようもなくクスリにのめり込んだというより、ファッションみたく「格好いいから」とか「クリエイターなら常識だろ」みたいな感じで手を出してた臭いがプンプンするからね。芸能界なんて、カッコつけてるだけじゃ生きられない泥臭い汚れ仕事の連続なんでさ。それを勘違いして天狗になってちゃ、そのうち誰も相手にしなくなっちまうぜっての！

伊藤健太郎が謝るべきは「世間」じゃなく「被害者」だ。

「保釈で謝罪」は不要

伊藤健太郎って俳優の轢き逃げ事件も話題になってたね。「健太郎」っていうから、また清水健太郎がクスリでもやらかしたのかと思ったら、若いオネエチャンに大人気の若手なんだって?

この俳優のことはよく知らないけど、こういう不祥事が出てくると普段の悪い評判がワンサカ出てくるのがお決まりだよな。週刊誌じゃ「年上にもタメ口だった」「女を中絶させた」とか罵詈雑言のオンパレードでさ。

芸能人の本質は、チヤホヤされてるときにはわからない。普段どういう生き方をしてたのか、こういうところでバレちゃうんだよな。

こんな芸能人の警察沙汰が起きたとき、オイラはいつも違和感を感じちゃう。保釈されて警察から出てきたところで、黒いスーツとかキチンとした格好で、決まって「皆様にご迷惑をおかけして本当に申し訳ありませんでした！」と芝居がかった謝罪をやるわけだけどさ。

まず頭を下げるべき相手は被害者であって、世間ではない。伊藤は被害者の前から一度は逃げたけど、その後はちゃんと向き合って謝罪をしたのかな？　そっちのほうが大事だろ。

自分の保釈風景を撮影しようとカメラを向けてるマスコミに謝る必要なんてまるでない。どっちかというと、伊藤はソイツラに仕事を提供してやっている立場なんだから。伊藤も世の中も、物事の優先順位をまるで間違えちまってるね。

TOKIO山口の顔の変化で、ニッポンのアイドル業界の歪《ゆが》みがわかる。

見られなければ芸能人は終わり

交通事故といえば、10代のオネエチャンを呼びつけてキスしただとかでTOKIOを辞めた山口達也がまたやらかしちまってたね。

朝っぱらから酒を飲んで大型バイクを運転して、信号待ちの車に追突しちゃってさ。本人は「自宅で一晩中酒を飲んでいた」とか供述してたらしいから、テレビに出なくなって以降、ずっと酒浸りだったんだろうな。ニュースで久しぶりに見たら、写真家の加納典明みたいな坊主頭になってたんでビックリしたよ。それに、芸能界にいた頃と比べて随分とむくんだ締まりのない顔をしてたよ。

これはアイドルも俳優も芸人も同じなんだけど、どれだけ不細工な顔をしていても頻繁にテレビに出てると、自然と「テレビ映え」する顔になるんだよ。それはやっぱり芸能人として世間から見られている緊張感が、普段とは違う〝貌〟を作るんだと思うね。

飲酒事故のときの山口の顔は、もうとっくに芸能人のそれじゃなかったんで、一瞬誰だかわからなかったよ。

もちろん同情はできないんだけど、山口の2回目の失敗は、芸能界のスポットライトを浴びすぎた時代との落差によるところが大きいよな。

ニッポンの芸能界、特に「アイドル」は10代で若さやルックスを活かしてデビューして、いつまでも同じ仕事のスタイルのままでいようとする。そこに無理があるんでさ。TOKIOよりだいぶ若いイメージの、「嵐」のメンバーだってもうアラフォーなんだろ？　さすがにいつまでも若い頃のままってわけにはいかないだろうし、なんとか方向転換しなきゃいけないんだけど、それはかなり難しいんだよな。

芸人の「余生」という大問題

これだけニッポン人の寿命が延びてくると、旬の短い芸能人は「余生」が長くて大変だよな。若い頃にたんまりカネをもらっても、結局浮かれてすぐに使っちまう。よく「あんなに稼いでたのになんで」なんて言われるけど、10代やそこらで将来のことを考えて蓄えろってのは難しい話だよ。

今回の山口だけじゃなくて、芸能界で食えなくなって道を踏み外しちまう元タレントってのはかなり多いからね。芸能事務所は今後、きちんとタレントたちの〝その後の人生〟をサポートしていくべきなのかもしれない。

そもそもタレントや芸人なんてのは、自分が「やりたい」と言ってやってる仕事なんだから、そりゃカタギと同様の保障なんてあるわけがない。世の中を見れば、「やりたくない仕事だけど生活のために続けてる」って人はたくさんいるんだからね。

その点、途中で道を踏み外してしまうタレントは「覚悟が足りない」って言えばそれまでなんだけど、一方で芸能事務所はタレントありきの商売だ。オイラはよく「芸人は猿回しの猿だ」と言うけれど、芸能事務所は猿がいないと食えなくなることを自覚しなきゃ、どこかでおかしくなっちまうよ。

『浅草キッド』に込めた思い

よく「一発屋芸人」なんてバカにされるけど、実は芸能界じゃ「1回売れただけ」でも大したもんなんだよな。だから、さらに長く売れ続けるなんて天文学的確率だ。その点、事務所は考慮してやらなきゃさ。

そういえば、コロナでみんな忘れちゃったかもしれないけど、2019年の年末の『NHK紅白歌合戦』で、オイラは『浅草キッド』を歌ったんだよな。オイラの歌唱力なんてクソみたいなもんだけど、この歌はオイラが作詞・作曲したオリジナルなんで、なんとか「味がある」ってことになって助かった（笑）。

この曲は、オイラがまだツービートを組む前のことを歌ったんだよ。今みたいに顔が世間に知られるようになるなんて夢物語だった時代だ。オイラが売れたのはたまたま運が良かっただけで、その頃浅草にいて日の目を見ないまま消えていった芸人もいっぱいいた。

そういう感慨というか、申し訳なさみたいなものがあの曲には詰まっていてさ。

まァ、芸人が幸せに死のうなんて虫がいいんだけど、そんなヤツラが全てを失くしても、なんとか生きていけるような世の中であってほしいよな。

藤井聡太や大谷翔平を見て、子供に「夢に向かって頑張れ」という親はバカだ。

「努力より才能」という現実

お騒がせタレントがズラズラ出てくる一方で、ワクワクさせてくれるのが若い人たちの大活躍だよ。

将棋の藤井聡太くんは、２０２０年に18歳でものすごい快挙をやってのけた。「棋聖」のタイトルを獲ったと思ったら、あっという間に「王位」まで勝ち取って「二冠」になっちゃった。これでまだ高校生だからね。この勢いなら、まだ誰も成し遂げてない「八冠制覇」も近いんじゃないの。

2020年は不完全燃焼だったけど、エンゼルスの大谷翔平もやっぱり規格外の存在でさ。本調子に戻って二刀流で復帰すれば、20勝・20本塁打だって夢じゃない。

こういう天才的な若者たちが活躍すると胸が躍るけど、かといって「子供に夢や希望を与える存在」っていう言い方は何か違う気がするぜ。

ここまで図抜けた存在を見てしまうと、「やっぱり努力より才能なんだな」「天才ってのは最初からモノが違うんだな」ってことがあからさまにわかっちゃう。

藤井は小学生の頃から大人顔負けの実力だったっていうし、大谷はそのデカい体を見れば恵まれてるのは一目瞭然だからね。〝普通の子供〟とは、スタートラインがまるで違うんだよ。

だから本当のところをズバリ言っちゃうと、この人たちは〝夢を与える存在〟というより、「普通じゃ頑張っても辿り着けない境地がある」って、子供たちに〝夢を諦めさせる〟存在なんだよ。

もちろん藤井がベテランに「参った」と言わせたり、大谷がメジャーリーグで大活躍するのは応援してるし、嬉しいんだけどさ。この2人の活躍を見て「子供に将棋をやらせてみよう」「いや、やっぱり野球だ」なんて考える親は罪作りだぜ。子供に「頑張って藤井くんや大谷くんみたいになれ」なんて言うのは、明らかに高すぎるハードルなんだからさ。

本来、親がやるべきは「お前も一流になれ」って無責任にケツを叩くことじゃない。「才能がなくても生きていける礼儀や愛嬌、最低限の勉強をしろ」って教え込むことなんだよな。

世襲政治家の勘違い

その点、多くの政治家が世間ズレしちまうのは当たり前だよな。

世の中ってのは本来それほど厳しいものなのに、「地盤、看板、鞄」がある家に生まれたってだけで、大した努力もしないまま「先生」なんて呼ばれちゃうわけだからさ。いい家に生まれたことを自分の実力と錯覚しちゃうんだから、そりゃ勘違いもするだろうよ。

やっぱり政治家には「資格試験」をやるべきだよ。政治経済・一般常識で一定の成績を上げられなきゃ、どんなに選挙に強くても議員バッジを取り上げちゃうというね。だって、政治家にとって一番大事な「選挙の強さ」すら、結局のところ本人の資質というより、

「生まれ」がモノを言うわけだからさ。

将棋なんて、昔は天才と呼ばれた人が、新しい天才にボコボコにされて、それでも必死にC級でやってたりする。藤井くんのプロデビュー戦の相手も、その昔「神武以来の天才」なんて言われて中学生棋士の走りだった加藤一二三さんだったよな。

結果は藤井くんの勝ちだったけど、もう80歳近くてC級からも降格寸前だった加藤さん相手に本気で戦って、容赦なかった。加藤さんはその後、降格して引退を決めたんだよな。そういう実力の世界のほうが健全だし、潔いよね。

これがもし政治の世界だったら、きっと面倒な横槍や邪魔が入って若い政治家なんて簡単に押し潰されちまうんじゃないか。

ニッポンのほとんどの政治家は、エラそうに政策を語る前に、まずは自分がいかに分不相応に恵まれてるか知るべきなんだっての！

大坂なおみの「BLM運動」を受け入れないニッポン人は、島国根性丸出しだ。

ニッポンと世界の温度差

藤井くんも大谷くんも凄いけど、世界的にもっとビッグになったのが大坂なおみだよな。2020年は全米オープンで2年ぶりに優勝して、3つめのグランドスラムを獲ったわけだけどさ。

前回の全米オープンで勝ったときは「日本人初の4大大会優勝」ってところが強調されてたけど、今じゃそんな言い方をするのが恥ずかしくなるくらい、すっかりワールドワイドな存在になっちゃったね。「ニッポン代表」なんて小さな話じゃなく、BLM（ブラック・ライヴズ・マター）運動の旗頭として、黒人の代表として優勝を勝ち取ったって感じだよな。

これまでニッポンのアスリートで、政治的なメッセージをこんなにジャンジャン出す人はいなかった。大坂は、全米オープンじゃ警察の発砲事件やらで亡くなった黒人犠牲者の名前が入ったマスクを着けてコートに登場するってことを、決勝まで続けたんだよな。それも毎試合、別の人の名前が入ってて、全部で7人の名前のマスクで登場したわけだからね。そんなの優勝するつもりじゃなきゃ、できない話だよ。

ニッポン人が知らない「白人優位」

こういうのを見ると、アメリカとか世界の最前線と、ニッポンの間にいかに温度差があるかってのがわかるよな。

島国に暮らすニッポン人は、ぬるま湯の生活に慣れきってしまっているけど、アメリカにしろ香港にしろ世界はもっと政治の動向にヒリヒリしてて、アスリートもタレントも「政治や社会問題のことはわからないんで」なんてノリじゃ済まなくなってきてるんでね。

もし大坂を見て「アスリートがそこまでやらなくても……」と冷ややかに見てるニッポン人がいるとしたら、それは相当平和ボケしてるってことかもしれないぞ。

だけど、これだけアメリカでＢＬＭ運動が盛り上がっているってのは、それだけ「白人優位が前提にある」ってことだよ。

表向きには人種に関係なく優秀な人がチャンスを勝ち取れることになっているけど、実際はハリウッドにしたって、ウォール街にしたって「一番ボロ儲けできるオイシイ利権」は、昔からガッチリ白人が押さえててなかなか動かせないんだよな。

トランプがいろいろとスキャンダルを抱えていて、不利だと伝えられていても大統領選でギリギリのところまで票を獲ったのは、やっぱりそういう白人支持層の影響が大きいわけでさ。そういう点も見越して、トランプがわざと人種の分断を煽ってたところはあるだろうね。

映画祭で「男優賞」「女優賞」を廃止しても審査員の〝忖度〟は絶対なくならない。

映画祭出席で初めてわかる「熱量」

世界でニッポン人が名を馳せたといえば、映画監督の黒沢清が『スパイの妻』って映画でベネチア国際映画祭の銀獅子賞（監督賞）を獲ったって話もあったね。

オイラが『座頭市』で獲って以来17年ぶりだっていうから、久しぶりで良かったけどさ。だけど、監督も役者たちもコロナのせいで現地の授賞式にすら行ってないんだって？　そりゃかわいそうだよな。

オイラがベネチアやフランスのカンヌに行ったときは、現地に「キタニスト」って熱狂的なファンがいて、そういう人たちのスタンディングオベーションやらを見て、「ああ、本当にウケてるんだ」って実感したところがあったけどね。

今後、オンラインが主流になると、映画祭はより身近で開かれたものになるかもしれないけど、一方でそういう現地の肌感覚みたいなのは薄れちゃうかもしれないよな。

「男女同数にしときますか」

だけど、ベネチアやカンヌと並ぶベルリン国際映画祭で、「主演男優賞」「主演女優賞」みたいな賞の男女の区別がなくなるっていうニュースは驚いたな。

ジェンダー意識の高まりで「演技を男と女に分けるのはナンセンス」ってことらしいけど、なんかそれは「やりすぎ」な感じがしちゃうね。

最近はLGBTをテーマにした作品も増えてきたし、男女同権の問題もあるから「男優」とか「女優」って呼び方や括りが時代に合わなくなってきてるのはよくわかるけどさ。でも、映画にはストーリーがある以上、男の役者と女の役者にはそれぞれ別の役割が求められることも多いからね。

それに、男優・女優別の賞の撤廃で、逆に選考が歪《いびつ》になっちまうんじゃないの？　その年は男優ばかりが名演技をしていたとしても、ノミネートを男ばかりにしたら、それこそ「差別だ！」って話になっちゃう。もちろん、その逆もあり得るよな。

だから結局、「主演も助演も文句付けられないように男女同数にしときますか」なんて話になりかねない。「男女平等」を気にして男女の区別をなくしたのに、それがかえって妙な〝忖度〟を生んじゃうというオチなんでさ。

オイラからしてみりゃいい映画と上手い役者が正当に評価されれば何でもいいんだけど、まァ難しい問題だよな。

「全員悪人」は時代遅れ？

こんな考えがジャンジャン盛り上がってくると、オイラの『アウトレイジ』なんて〝男しかキャスティングしてなくてけしからん〟みたいになっちゃったりして。

「全員悪人」なんてキャッチコピーでやってきたけど、もし続編を作るなら「半分女優」なんてことを打ち出さなきゃいけない時代が来るかもな。

そういえば、仲がいい爆笑問題の田中裕二がコロナに罹って収録を休んでたとき、オイラは「アイツは〝片タマ〟だからウイルスへの抵抗力が弱かったのか？」なんてネタにしてたんだよ。アイツは精巣腫瘍で、左の睾丸の摘出手術をやってるからね。

差別やらジェンダーでうるさいこの時代、オイラのこういうイジリも叩かれそうで参っちゃうよ。オイラにとっては「早く元気になって帰ってきてくれよ」という激励だったんだけどさ。

もう「テレビが王様」の時代は終わった。ニッポンのエンターテインメントは、世界に置いてけぼりだ。

「ジャニーズ退所」が増えたのはテレビ凋落のせい

30年以上、「テレビ」というメディアを主戦場にしてきた。

オイラに限らずほとんどのタレントが「テレビにたくさん出ること」を目標としていたのが平成という時代だったけど、その様子はこの頃ドンドン変わってきてる。

この間、NEWSの手越祐也や山下智久ってのが、ジャニーズ事務所を辞めたのが話題になっていた。

昔は、ジャニーズみたいな大きな事務所を辞めると「テレビに出られなくなる」「仕事が激減する」と言われてたけど、そんなことはまるで気にしてないようでさ。どうやら、SNSやYouTubeを使ってネットの世界でやっていけるから、事務所のバックアップがなくても食っていけるって算段らしいんだよな。

とんねるずの石橋貴明だって、テレビじゃ仕事がなくなってきてたけど、YouTubeチャンネルは大人気だっていうし、いろいろなタレントがそっちに手を出し始めているよな。そんなに面白いんなら、オイラもちょっとやってやろうかと思ってるくらいでね。

こんなの10年前には考えられなかった話でさ。大手事務所が、というよりテレビの力が衰えてきている証拠だね。タレントにとって「テレビに出ること」が人気の証明だという時代はそろそろ終わりかもしれないよな。

「ネットフリックス」にはハマった

この頃は、ネットのほうがタブーも少ないし、スケールがデカい。ネットフリックスみたいなネットの動画配信サービスは、オイラもけっこう見ちゃうよ。映画も連続ドラマもなかなか良くできてて、セットやキャストにもカネがかかってるんだよね。

ドラマの『ブレイキング・バッド』とか、マーティン・スコセッシのギャング映画の『アイリッシュマン』とか、面白かったね。しばらくコロナが続くようなら、今後の映画は劇場公開より、配信メインになるのは間違いないと思うね。

大ヒットした『鬼滅の刃』ってアニメ映画も、そもそもは動画配信のアニメで人気が出たんだろ？　こっちのほうは「何がウケてるのか」って気になってマンガも取り寄せた。なかなか見る気にならないんだけどさ。

オイラは元々、地上波のテレビの熱心な視聴者じゃない。明石家さんまは、自分の出演番組をチェックして「ここはウケたで〜」「アレはもっとこうすれば良かった」と研究に余念がないらしいけど、オイラは終わったことを振り返るタイプじゃないんでね。もともと衛星放送で海外のドキュメンタリーなんかを見て、いろんなネタや新たな刺激を探すことのほうが多かった。今はそれが動画配信に変わったって感じだな。やっぱりかかってるカネも、アイディアも段違いだと思う。

このままじゃ、過去にハリウッド映画が日本映画を駆逐したり、日本のプロ野球がメジャーリーグの前で形無しになってしまったように、〝黒船〟にやられてしまう日が近いんじゃないかという気がしている。

「わかりやすさ」ばかり評価されるニッポン

それに気になるのは、ニッポンのエンターテインメントがドンドン「わかりやすい方向」に流れてる感じがすることだよな。

ひとつは勧善懲悪ものだよ。視聴率30％超えの『半沢直樹』（ＴＢＳ系）なんて、ハッキリ言ってしまえば「令和の水戸黄門」だもんな。

「倍返しだ！」ってセリフは「この紋所が目に入らぬか！」の現代版みたいなもんだと思うし、最後には悪いヤツがしっぽを巻いて逃げ出して、正義の味方がガッツポーズするって決まってる。

別にそういうものはそういうものでいいんだけど、一方で「わかりにくいもの」への理解も欲しいよね。

オイラが出演したＮＨＫの大河ドラマの『いだてん』は、正直なところ視聴率はイマイチだった。場面転換が多くて、張り巡らされた伏線の回収は、ある程度の見識がないとわからない。大河といえば時代劇だけど、『いだてん』は有名な偉人が主人公で結果がどうなるかわかってる物語とはまるで違うわけだよ。最後まで観た人は「そうきたか!」と膝を叩いたけど、わからない人は「ポイッ」と捨てちゃう。その辺の受け手の間口の狭さは気になるよね。

映画監督をしていて、いろんなインタビューを受けるんだけど、一番「バカか」と思うのは、「この映画で一番言いたかったことは?」とか「この映画のテーマは?」とか言ってくるヤツ。

一言じゃ言えないようなテーマを感じ取ってほしいから、カネも手間暇もかけて2時間の映画を作ってるのに、言葉ひとつで表現されちゃ敵わない。そんな当たり前のことすらわからないヤツが多いんだよな。

「泣ける映画」は簡単に作れる

もうひとつ気になるのは、流行のドラマや映画の「面白さ」の基準が、どうも「泣けるのかどうか」ってことに寄りすぎちまってることだ。

「泣く」っていうのは、自分の心が洗われる感じがする。言ってしまえば、泣かせる物語というのは、一時的に自分を「いい人にさせてくれる」という快楽なんだよ。

それを作るのはそれほど難しい作業じゃない。「貧乏だけど他人の温かみに触れた話」とか「親子の無償の愛」とか「報われない悲恋」とか、古典の時代からある程度定型化されているから、それに当てはめていけばいい。

実は、世間的には評価されていないけど、「人を笑わせる」という作業のほうがよっぽど難しくてね。こっちのほうが、自分や社会を客観的に見る能力が必要になってくるからでさ。

実は笑いってものは「他人との違い」の中から生まれてくることが多い。普通じゃないことを言うから笑えたり、みんなが内心思ってても口にしないことを言うから笑えたり。つまり「差別」と紙一重っていうところがあるんだ。

他人を傷つけない笑いをするために、わざと自分を貶める「自虐ネタ」というジャンルもある。だけど、これも「自分と他人」あるいは「自分と世間」の違いをアピールすることで笑いを取ってる。だから、こっちも笑いの本質という意味では同じなんだ。

「嘲笑する」っていう言葉があるくらいで、実は笑う人間の心の奥には「罪悪感」がほんの少しある。だから「泣かせる芸」は崇高に見られるけど、笑いは「くだらない」と蔑まれる。笑いが「不謹慎だ」「くだらない」と差別される理由は、そんなところにあるとオイラは見ている。

「笑い」のほうがエンターテインメントとしては上だとオイラは信じている。だけど、今回のコロナみたいな非常時とか、葬式みたいな厳かな場所では最初に排除されちまう。お笑いってのは、そんな不条理を常に抱えてるんだよな。

「第7世代」はSNSみたい

だけど最近のお笑いは、少し違う方向に行こうとしているらしい。

オイラの笑いは「毒ガス」とか「老人イジメ」とか表現されたけど、どうやら最近の若いお笑い芸人の潮流は違うようなんだよな。

最近流行の「お笑い第7世代」は、詳しい人に聞くと「優しい笑い」とか「人を傷つけない笑い」と捉えられているんだって。他人へのイジリ、自虐をほとんど排除しているから、ということらしい。

たとえば、「ぺこぱ」なんてコンビは、本来なら「なんでやねん！」とか「そんなことあるかい！」ってツッコミを入れるところを「間違いは故郷だ、誰にでもある」とか「できないことを求めるのは止めにしよう」とか言っちゃうというね。

2019年の「M-1グランプリ」で優勝した「ミルクボーイ」も第7世代なの？「コーンフレーク」でウケたネタを、「ビートたけし」に代えてオイラの前でやったこともあったよな。


「ウチのオカンが芸人さんの名前を忘れたっていうんやけど、『BIG3』のひとりで、映画監督もやってるっていうねん」

「それは完全にたけしさんやないかい！　すぐわかったやないかい、そんなもん」

「でもな、俺もたけしさんやと思ったんやけどな、オカンが言うにはその芸人さんは見た目で笑いを取るのがイヤやっていうねん」

「そりゃたけしさんと違うか～。たけしさんはいまだに禿げヅラかぶって、泥棒ヒゲ描いて、ピコピコハンマー持って、いまだに見た目で笑わす気マンマンやぞ！」

みたいなネタでさ。

これはイジリではあるけれど、確かに人を傷つけない。あの仕組みを作ったのはエラいよな。今はこういう笑いが時代に合ってるってことなんだろう。

最近の若いのは実力があるから、オイラがとやかく言うつもりはない。だけど、あえて分析するなら、これは「スマホ社会」だから生まれた笑いだろう。

たとえるなら「SNSでのメッセージのやりとり」とか、「メールの掛け合い」に近い漫才だね。相手にツッコミを入れたり、真逆の主張を展開したりするんじゃなくて、相手の言葉に気持ちよく相づちを打って、いろんな人を巻き込んでいこうという笑いでさ。「お前ら、このテンポとセンスについてこれるのか」みたいな世間に対する挑戦的な問いかけじゃなくて、仲良くその空間を共有できる人をふんわり巻き込んでいこうというスタイルなんだよ。

オイラたちの時代の芸人は、もちろんカネを稼ぎたいというのもあったけど、それよりも「世の中をアッと驚かせよう」みたいなモチベーションが大きかった。だけど最近の若手が大事にしているのは、自分たちのことを好きでいてくれる人たちと一体感をどれだけ持たせられるかということなんだよな。

このノリは新しくて面白いんだけど、時代に合わせすぎてるだけに、「今後も長続きするのか」という課題はあるよね。はたしてこの世代の若いヤツラが今後どうなっていくか、興味を持って見てるよ。

大阪都構想に正しいもクソもない。地方行政なんてみんな「自分の利益」が最優先だ。

住民投票に「自己犠牲」なんてあり得ない

アメリカ大統領選もギリギリの勝負だったけど、それと同じくらい接戦だったのが「大阪都構想」の住民投票だよ。

2015年に橋下徹市長（当時）が1回目をやったときもわずかに反対多数でさ。それから5年経っての2回目は、吉村府知事の知名度も上がったし、大阪維新の会も「今度こそは」という思いだったんだろうけど、やっぱり僅差で反対が上回った。

吉村府知事も松井（一郎・大阪）市長も悔しそうだったな〜。会見じゃ2人とも「これが民意だから仕方がない」みたいに言ってたけど、本音では納得してないだろうぜ。

大阪都構想が「一丁目一番地」の政策だったんで、維新の会の勢いもここまでかもしれないぞ。ずっと「大阪を正しい方向に導く」みたいに主張してたけど、実際のところは何が良くなるのかイマイチよくわからなかったからね。

言ってしまえば、地方の行政改革なんて「誰にとっても歓迎できるもの」なんてあり得ない。「俺は大損するけど、それが町にとってプラスになるならそれでいい」なんて自己犠牲の精神で投票するヤツはほとんどいないだろうし、結局は「利益を得そうな人」より「不利益を被りそうな人」のほうがちょっとだけ多かったというだけなんじゃないか。

栃木県は「全国最下位」を喜んだほうがいい

都道府県ローカルの話題といえば、この住民投票と同時期にやってた全国都道府県の「魅力度ランキング」ってのも話題だったよな。とくにテレビでジャンジャン報じられてたのが、栃木県が全国最下位になったって話でさ。

これまで7年連続で最下位だった茨城がようやく〝定位置〟を脱出して、その代わりに同じ北関東の栃木県が転落しちゃったという構図なんだけどさ。

栃木県民は、日光東照宮やら中禅寺湖、華厳の滝みたいな観光名所がたくさんあるのに「茨城なんかに負けた」と憤懣やるかたない様子でさ。県知事までランキングを実施した東京の調査会社に文句をつけたというね。

だけど、こんな調査に目くじら立てても意味ないよ。結局、こういうランキングは全部「東京目線」なんだからさ。茨城、栃木、群馬は都心に近いから、単に東京の人間が「ショボい面を知りすぎてる」ってだけかもしれないぜ。

東京の人間からすりゃ、たとえば島根や鳥取なんてのは遠すぎて話題にもならないし、「ショボさ」すら実感できないわけだよ。それに比べりゃ、栃木や茨城は自分たちの県が話題になってるだけでも儲けもんなんでさ。それくらい、デーンと大きく構えてりゃいいんじゃないかっての。

足立区の〝都構想外〟こそ深刻だ

その点、東京の中での魅力格差のほうが深刻だぜ。もうオイラが生まれた足立区なんて笑えないんだから。

最近は自動車の「足立ナンバー」がイヤだっていうんで、江東区やら葛飾区やら足立ナンバーの他の区が「江東」「葛飾」って独自ナンバーを始めてさ。

この流れが強まると、そのうち足立区が東京都から外されやしないか、オイラは心配でたまらないよ。「大阪都構想」がポシャったら、今度は「足立区の〝都構想外〟運動」が始まるというね。

で、埼玉や千葉からも受け入れを拒否されて、映画の『翔んで埼玉』みたいに、足立区は独立区として生きていくというオチなんだってての！

小学校がいくら「あだ名禁止」を徹底しても子供が本来持っている「残酷さ」は隠せない。

「あだ名禁止」じゃ芸能界は商売上がったり

大きな話題になったわけじゃないけど、なんだか気になったのが「小学校でのあだ名禁止」ってニュースだよ。どうやら最近の学校じゃ「クラスメイトをニックネームで呼ぶとイジメにつながる」ってことで、全面的にあだ名が禁止になってるらしくてさ。「チビ」とか「デブ」みたいな身体的特徴をあだ名にする露骨なのがダメと言われてるだけじゃなくて、「たけしくん」とか「花ちゃん」みたいに「くん付け」「ちゃん付け」「下の名前で呼ぶ」ってのもよろしくないんだってね。

「何で自分だけ下の名前で呼ばれないんだ！」って疎外感を感じさせるからって話で、男も女も「北野さん」みたいに「名字＋さん付け」が徹底されてるんだよな。

評価する人もいるらしいけど、オイラから見たらバカバカしくて仕方がないよ。

それじゃあ、芸能界なんてあだ名、あだ名のオンパレードじゃないかよ。木村拓哉は「キムタク」だし、ダウンタウンの2人は「松ちゃん・浜ちゃん」だし、小泉今日子は「キョンキョン」だしさ。タモリなんて、本名は森田一義だけどあだ名由来の芸名のほうが有名になっちゃった。

学校の先生たちは、子供に悪影響があるってことで、芸能界に抗議書でも送るべきなんじゃないのか？

オイラは「ペンキ屋」と呼ばれてた

中学時代のオイラのあだ名なんて「ペンキ屋」だからね。そのあだ名をつけたのは豆腐屋のセガレだったんだけど、ソイツのあだ名は「豆腐屋」だよ。今の時代だったらどっちもアウトなんだろうな。ついでに言えば、家での呼び名は「バカタケ」。学校でも家でもサンザンだったわけだ。

学校には、もっとヒドいあだ名もあったぜ。

当時、アメリカの医者ドラマの『ベン・ケーシー』が流行ってたんだけど、それをもじって、いつも猫背のヤツが「前傾シー」と呼ばれてた（笑）。

おそらく教育委員会や学校関係者は、そういうのを「イジメ」だと決めつけて、防ぎたいんだと思う。「ウチの学校ではしっかり対策してますんで」と万が一のための予防線を張ってるんだよな。

だけど、子供ってのは本来残酷だからね。今の教育は「みんな平等だ」って表では強調しているけど、本当はそうじゃないことなんてよくわかっているよ。

たとえばリレーで負けたのはメンバー全員のせいだって教師が言ったって、本当は誰が足を引っ張ったのか子供には一目瞭然でさ。

こういう風に表向きだけ解消しようとすればするほど、親や教師の見えないところ、とくにネット上なんかでの「陰湿なイジメ」が激しくなってしまうだけだよ。序列が表立ってつけられないから、無抵抗な弱い子を陰で叩いて自分の優位を仲間に誇示しようとしちまうんだ。

社会に出れば、子供の頃よりも陰湿な人間関係がいくらでも待っている。それなのに子供の頃にそれを覆い隠してしまうから、いざ大人になっても社会に背を向けて閉じこもってしまったり、自分の周りの環境に責任転嫁するヤツラが出てきてしまうんじゃないかってさ。

何でもかんでもオブラートに包んでしまう教育は、実はそういう問題を抱えてるんだよ。

「あだ名禁止」みたいな逃げ道じゃ、本当のイジメ解決にはならないんだっての!

東大生はクイズ番組に出ている暇があったらウイルス克服の研究でもしろっての。

30年間「パクリ」の繰り返し

こういうコロナ感染拡大の状況って、ホントはテレビに追い風なんじゃないの？ どうしても家にいる時間が長くなるし、コロナの最新情報だって詳しく知りたいわけでさ。だけど、どうもテレビ業界はこのチャンスを上手く活かせてない気がするんだよな。

ちょっとテレビをつけても、最近はどこかで観たようなクイズ番組ばかりでさ。で、普通の東大生が解答者になって、芸能人並みかそれ以上の人気になってるって言うんだよな。

こういう一般教養もののクイズをやるのが新しかったのは、もう30年前だよ。オイラが

1991年に『たけし・逸見の平成教育委員会』をやったのがハシリだよな。

オイラがフライデー事件の後で暇になったときに、小中学生のドリルなんかをイチからやってたら、意外と解けなくてさ。

「これ面白れェな」と思って、それをテレビで問題にしたらきっとウケると考えたんだよ。

最初は制作会社やテレビ局の人間もピンと来てなかったけど、視聴率も良くて、他にも同じような番組がバーッとできた。

結局、そのときの「2匹目のドジョウ」を、テレビは30年間繰り返してやろうとしてるだけ。それじゃあ飽きられても仕方ないよな。まァ、制作費が安い割に今でも数字を稼げるからこういう番組をやるんだろうけど、あんまり進歩を感じないんでさ。

東大生が「クイズ王」でも仕方ない

こういうのに出て喜んでる東大生のほうもどうかと思うぜ。

わざわざ一番難しい大学に行ったのに、漢字の読み方とか、こんな一般教養とか雑学みたいなのを当てていい気になってても仕方がないじゃないの。

世の中にはもっと宇宙のこととか、ウイルスのこととか、わからないことがいっぱいあるんだから、そんな暇があったら得意な分野の研究のほうに必死になってほしいよ。そもそも国立大学ってのは、税金でジャンジャン援助を受けてるわけだからね。

もしかしたら、東大生の多くは「東大」ってブランドを手に入れるほうが大事で、そこでどんな研究をするかってことまで考えてるのはあまりいないのかもしれないぜ。

東大を出て、いい企業でそれなりの役職について、一生安泰を目指してるのばっかりになってるんじゃないの。とくに、こういうクイズ番組を観て「東大に行きたい！」なんて思うのは、きっとそういうタイプだぜ。

東大生として有名になろうとか、ベンチャー企業を興そうとか、なんかホリエモン（堀江貴文）みたいなのがもてはやされてるわけだけどさ。結局、あの手合いは何も新しいものなんて生み出してないわけで、ゼンゼン魅力的に見えないわけだよ。

まァ、東大生タレントっていうのはテレビを利用しているつもりかもしれないけど、実は逆に「テレビに消費されてる」ってことに気がついたほうがいいね。いくらクイズが得意でも、東大を卒業して「東大生ブランド」がなくなれば見向きもされない。

研究とか自分の得意分野を深めるには、大学にいるうちしかないんだから。それを忘れてたら、潰されちまうだけだよ。まァ、大学にロクに行かずにプラプラした後に芸人になったオイラから言われたくはないだろうけどさ。

テレビ局で見た「東大バカ」

オイラが接する東大ＯＢってのは、ほぼテレビ局の社員くらいのもんだけど、ゼンゼン使えないのが多いからね。

昔、日テレで『スーパージョッキー』をやってたときなんて、東大出たばかりのＡＤが、中学しか出てない（ガダルカナル・）タカに「何考えてんだ、このバカ！」って怒られてたんだから。「バカ野郎、本当に50℃の熱湯に人を入れたら死んじまうだろうが！」みたいにさ。

で、「もっとお笑いを勉強しろ！」ってタカが言ったら、次会ったときにこう言ったんだよ。「今度はフランスの哲学者のアンリ・ベルクソンの『笑い』という作品を読んできました！」って（笑）。

「バカヤロー、それより林家三平でも見とけ！　それもわかんないのか！」ってオチなんだよな。

別に東大に恨みはないけど、ノーベル賞の受賞者やいろんな研究を見る限り、もしかしたら京大のほうがちゃんと研究をやってるかもしれないよな。

笑いでも学問でも、若いうちは地味な下積みが大事なんだっての！　ジャン、ジャン、ジャン！

番外編

これぞ〝不要不急〟の爆笑企画！ 2020年「ヒンシュク大賞」を決定する！

2020年は、近年にない激動の年だった。『週刊ポスト』の人気連載「ビートたけしの21世紀毒談」からの出張企画「ヒンシュク大賞」で、歴史に残る1年を爆笑とともに振り返ろう。

新型コロナ危機にもかかわらず、アクの強い候補者がズラリ。世界のキタノが「お騒がせナンバーワン」に選ぶのは誰だ!?

＊

――パンパカパーン！　「2020ヒンシュク大賞」、いよいよ開幕です！

たけし審査委員長（以下、「」内たけし）「何がパンパカパーンだ、コノヤロー！　こんな時期にまたオイラを不要不急の企画に巻き込みやがって。テレビ局はどこも『たけしさんに感染させたらオオゴトなんで』ってリモート出演を提案してきてるのに、お前らはツバ飛ばしながら『はい、ヒンシュク大賞を決めてください！』なんだからズッコケちゃうよ。お前ら、ソーシャルディスタンスって言葉を知らないのかバカヤロー！」

――まァまァ、「ヒンシュク大賞を毎回楽しみにしている」という読者も多いんですから。

「どこにいるんだ、そんなヤツ。今の話、お前らのフェイクニュースに一票だな。まァ、ちょっと考え直したほうがいいんじゃないか。東京五輪だって延期になるご時世だよ。こんな企画、そろそろ無期限延期ってことでいいんじゃない？」

――そうはいきません！　今回はなかなか粒ぞろいのラインナップなんですから。まずは、公職選挙法違反（買収）で逮捕された河井案里参院議員と、その夫で元法務大臣の克行衆院議員！　夫婦ノミネートはヒンシュク大賞史上初です！

「どうでもいいよ、バカヤロー！　でも、このテの話は自民党の伝統芸だよな。河井夫婦はもちろん悪いけど、もっと追及されるべきヤツがきっといるね。『仁義なき戦い』の広島だけあって、カネをもらったほうもみんな悪そうな顔だよな～。だけど、カネもらったのが100人もいるのに、まるで処分されないのはなんでなんだ？検察と司法取引でもあったのかな？　どっちにしろ国民は納得いかないぜ。河井夫婦は地方議員に配るくらいなら、いっそのこと石川五右衛門みたいに庶民にカネをばらまいてほしかったね。きっとそのほうが感謝されたぜ」

――それも完全にアウトですけどね……。

「後援会の支援者を800人くらい呼んで格安で東京旅行させたり、特別に『桜を見る会』に参加させてやればいいんじゃないの？」

――それじゃ、まるっきり前首相の安倍さんじゃないですか！　結局「桜を見る会」は、反社会勢力の人物まで参加していたことが発覚。あえなく中止となりました。安倍首相退陣後も検察の捜査は続いていたようです。

「批判は同然だけど、〝バレたら即中止〟ってのは芸がなかったよな。だけど、安倍さんも在任期間最長の首相になったのに、そのレガシーがアベノマスクと桜を見る会中止ってのはトコトン情けないね。

よし、菅さんもやる気はないみたいだし、2021年はオイラが〝新・桜を見る会〟を開催してやるか！　安倍さんみたいに税金でってワケにはいかないんで、会費はしっかり1万円いただくぜ」

――なるほど、どんな絶景が見られるイベントに？

「大物芸人・桜金造がブルーシートの上で正味1時間、ありったけの芸を見せてくれるという豪華極まりないイベントだよ。おまけにチューハイ飲み放題と感染対策としてアベノマスクもつけとこう！　ウィズコロナの暗い時代を吹き飛ばしたいね」

――ほとんど詐欺じゃないですか！　さて、夫以上に国民を絶句させたのが前首相夫人の安倍昭恵さんです。花見自粛要請の中、タレントやモデルと一緒に私的な〝桜を見る会〟をやっていたのがバレ、その後、同時期の大分旅行も明らかに。森友問題の原因を作ったとも言われているのに、あまりに脳天気でした。

「この人、本当にどうにかなんねェかな。たぶん自分がヒンシュクを買ってるなんて、これっぽっちも思っちゃいない。鳩山由紀夫さんの奥さんも変だったけど、こっちはそのはるか上を行くぜ。安倍さんは『緊急事態宣言』の前に、まず『家庭内緊急事態宣言』を出すべきだったね。昭恵さんに向けて〝桜の近くに行くべからず〟〝外食するべからず〟〝記念写真を撮るべからず〟と何条にもわたって禁止事項を提示してさ」

――その安倍首相に近いと言われた黒川弘務・前東京高検検事長もヒンシュク大賞有力候補。新聞記者との賭け麻雀が発覚し、あえなく辞任となりました。

「検事総長へアガリ目前でリーチをかけたと思ったら、オーラスで大チョンボだよ。オイラは麻雀を『賭けずにやってます』なんてヤツのほうがよっぽど信用できないんで、もしかしたら正直者かもしれないけどさ（笑）。

だけどもっと問題なのは、新聞記者とニギってたことだよ。検事がメディアに賭けごとの証拠をつかませるなんて、危機管理として最悪だよ。〝人を疑う〟って重要な資質が欠落してるんで、まァ検事総長にならなくて良かったんじゃないの」

――黒川さんは色々な秘密を握ってるんでしょうけど、ほとんど何も語らず辞任しました。

「確かに聞きたいことは山ほどあったね。『マスコミに〝政権の守護神〟なんて言われてるけど、本当にそんな力あるの？』とか『自分のために定年延長の閣議決定やら法改正まで進められてどんな気持ちだった?』とかね。

だから辞任記者会見くらいやってくれりゃ良かったんだよ。麻雀への愛もトコトン語ってもらって構わないからさ。もちろんカメラの前に出てくるときの格好は『雀牌柄のネクタイ』で決まりだよ」

――それじゃあポーカー賭博直後の記者会見にトランプ柄のセーターで現れた元巨人の柴田勲さんと一緒です!

「そんなコント、芸人でも思いつかないよ。まさに伝説の会見だよな」

本命は〝トイレ専門家〟

――芸能界からも数多くノミネート。まずはラジオで「コロナの影響でお金がなくなって、美人が風俗で働くようになるから楽しみ」と発言して大炎上した岡村隆史さん!

「芸人ってのは笑えりゃ何でもネタにするもんだけど、岡村はちょっとセンスがなかったよな。オイラも昔は深夜ラジオでヤバいネタをたくさん喋ってたけど、もうそんな時代じゃない。それに気がつくべきだったよな」

——40代のたけし審査委員長が令和に生きていたら、きっと活動自粛どころかブタ箱行きですね。

「バカヤロー、活動自粛もブタ箱行きも昭和にとっくにやってるよ！　だけど、あの頃のオイラだったら今の時代は生きられない。死刑だよ、死刑」

——さて、「不倫枠」も充実しています。年下女優に手を出した俳優・東出昌大さんと、六本木ヒルズなどのトイレで〝破廉恥プレイ〟に興じたアンジャッシュの渡部建さん！

「女に関しちゃ、オイラが言えた義理じゃないけどな。でも、東出は俳優でまだやっていけそうだけど、渡部は厳しいな～。いい男で好感度も高いんで、芸人というより司会者で売れてたからね。それがトイレでヤリまくってたとなると女性視聴者が総スカンだよ。

しかも〝グルメ〟で売ってたからね。『メシの話をする前にお前はトイレの後ちゃんと手を洗え』って話でさ。もうこの先、飯屋を批評するのは難しい。そのうち『セックス・グルメわたべくんの美女食い散らかし日記』なんてAVもリリースされるんじゃないか？

——今後、渡部さんの芸能界復活は果たしてあるんでしょうか？

まァ、もう〝ヨゴレ芸人〟からは逃れられないな。渡部は都心のヤレる便所に詳しいことはよくわかったんで、この際『トイレ評論家』で出直すしかないね。

『あのトイレは手すりの高さがちょうど良くて騎乗位がしやすいんです』

『除菌クリーナー完備でどんなプレイも清潔に試せます』

とかさ」

――よしなさい！　渡部さんは、奥さんが女優の佐々木希さんだったことも「なんであんなきれいな奥さんがいるのに」と大ブーイングの理由になっています。

「渡部の代弁をするつもりはないけれど、結局は『理屈に合わないこと』のほうがコーフンするんだよ。きれいな奥さんときれいな部屋のベッドの上でやるより、たとえ奥さんほどきれいな相手じゃなくても、汚いトイレで他人にバレないようにするほうが昂ぶっちまうというね。ジャンルは違えど、その辺は賭け麻雀の黒川も一緒だな」

――う～ん、成功者はスリルを求めるんですね。経験者の言葉は深い！

「あ？　何か言ったか？」

――いえ、何でもありません。同じくお笑い芸人の〝下半身ネタ〟では、パソコン越しの「リモート飲み」で素人女性相手に下半身を露出してしまった霜降り明星・せいやさん！

「これは相手のオンナもヒドいよな。週刊誌に売るために最初からハメる気マンマンじゃないの。せいやはちょっとかわいそうだな。まァ、芸人にとっちゃポコチン出すなんて大したことじゃないんで、気にすることはないよ。きっと相方の名前と一緒で〝粗品〟なんだろうけど、そっちも気にするな。仮性包茎歴74年のオイラがついてるぞ！」

――意味不明です！

蛭子さんの許せない一言

――残りページが少なくなって参りました。栄えある大賞は？

「ダントツで渡部に決定……と思ってたんだけどやめた！　何だよ、あのクソ面白くもない謝罪会見は。芸能リポーターにサンドバックにされるだけで、何のギャグも気の利いたセリフも用意していない。アイツは芸人失格だよ。代わりの大賞は蛭子能収！」

――えっ、蛭子さん？　最近、テレビ番組の企画で「認知症だった」と判明して話題ですが……。

「オイラから言わせれば『何を今さら』って感じだよ。昔、蛭子さんが賭け麻雀で捕まったとき、あの人は『たけしの番組の収録が30分早く終わったからだ！　時間通りなら雀荘には行かなかった、たけしのせいだ！』って本気で怒ったんだから。認知症がどうこうじゃなくて、もう考え方がヤバいんだよ」

――たしかにヒンシュク案件ですが、もう20年以上も前のことです！

「まァ、いいや。とにかく世の中暗いけど、パァッと笑わせてくれるようなヒンシュク人間を２０２１年も期待してるぜっての！　ジャン、ジャン！」

おわりに

こないだNHKの特番（『コントの日』）で、オイラはWHOならぬ〝WAHOの事務局長〟に扮して記者会見風のコントをやったんだ。WAHOの「A」ってのは、足立区の「A」なんだけどさ。

で、「NO！3密」を呼びかけたんだけど、その内容がくだらなくてさ。

「クスリの密輸、密売、そしてオネエチャンとの密会禁止」

「カップ酒を回し飲みしない」

「上手くいかないのを何でもコロナのせいにしない」

「消毒用のアルコールをお湯で割って飲まない」

なんちゃってさ。

まァ、マジメな人には怒られちゃいそうな悪ふざけだけど、もうそろそろ新型コロナを

「笑い」にしたっていい頃だ。ウイルスと向き合う生活が、ここまで「日常」になってしまったんだからね。

よく街の交番を見ると、「昨日の交通事故」ってボードに死亡者・負傷者の数が貼り出してある。コロナの感染者、重症者の扱いも、そのうちこんな風になっていかなきゃいけないと思う。まだ人類が克服できていないウイルスが相手なんだから、絶対に油断しちゃいけない。だけど、ギャンギャン過剰に反応したって仕方がない。「安全運転を心がける」「シートベルトを締める」ってのが当たり前になっているように、粛々と今、自分たちができることをしていきゃいいんだよ。

さて、この本が出る頃には世界とニッポンはどうなっているんだろうか。政治家たちがバカなことをして、事態をより深刻にさせてなきゃいいけれど。

コロナが流行る前みたいに、みんながゲラゲラ笑って楽しく過ごせる日が待ち遠しいよ。

まァ、暗くならずにパァッといこうじゃないかっての！　ジャン、ジャン、ジャン！

令和2年12月

ビートたけし

本書は語り下ろしに加え、『週刊ポスト』の人気連載「ビートたけしの『21世紀毒談』」の中から、特に反響の大きかったエピソードを抜粋・加筆してまとめたものです。

協力／T．Nゴン
取材協力／井上雅義
撮影／海野健朗
編集／山内健太郎
奥村慶太

ビートたけし
1947年東京都足立区生まれ。漫才コンビ「ツービート」で一世を風靡。その後、テレビ、ラジオのほか映画やアートでも才能を発揮し、世界的な名声を得る。97年『HANA-BI』でベネチア国際映画祭金獅子賞、2003年『座頭市』で同映画祭監督賞を受賞。著書に『間抜けの構造』（新潮新書）、『テレビじゃ言えない』『「さみしさ」の研究』『芸人と影』（小学館新書）など。北野武名義では『不良』（集英社）、『浅草迄』（河出書房新社）などがある。

コロナとバカ

二〇二一年　二月六日　初版第一刷発行
三月三日　第二刷発行

著者　ビートたけし
発行人　鈴木崇司
発行所　株式会社小学館
〒一〇一-八〇〇一　東京都千代田区一ツ橋二ノ三ノ一
電話　編集：〇三-三二三〇-五九六八
販売：〇三-五二八一-三五五五
印刷・製本　中央精版印刷株式会社

Printed in Japan ISBN978-4-09-825390-6

小学館新書
好評既刊ラインナップ

コロナとバカ
ビートたけし 390

天才・ビートたけしが新型コロナウイルスに右往左往する日本社会を一刀両断！　パフォーマンスばかりで感染対策は後手後手の政治家、不倫報道に一喜一憂の芸能界……。ウイルスよりよっぽどヤバイぞ、ニッポン人。

幕末からコロナ禍まで　病気の日本近代史
秦 郁彦 374

日本人は「流行病」「難病」といかに闘ってきたか。脚気からがんまで歴史家の手になる医学史は難病制圧の背後にあった数々のドラマを描きだす。新たな疫病・新型コロナが猛威を振るう今こそ知るべき“闘病と克服の日本史”。

教えないスキル
ビジャレアルに学ぶ7つの人材育成術
佐伯夕利子 391

久保建英が選んだ「ビジャレアル」。2014年からクラブの育成改革を担ってきた著者が、その道のりとスタッフ・選手の進化を7大メソッドで伝える。課題解決力を備えた人材の育て方、学校教育改革のヒントとなる一冊。

菅義偉の正体
森 功 392

父は秋田のいちご王。放蕩息子は“叩き上げ”の仮面を被った――大宅壮一ノンフィクション賞受賞作家が、徹底取材と本人インタビューからその実像に迫る。圧巻評伝『総理の影』に大幅加筆、新章を追加して新書化。

「嫌いっ！」の運用
中野信子 385

「嫌い」という感情を戦略的に利用することに目を向ければ、他人との付き合いが楽に、かつ有効なものになる。本書では、“嫌い”の正体を脳科学的に分析しつつ“嫌い”という感情を活用して、上手に生きる方法を探る。

多様性を楽しむ生き方
「昭和」に学ぶ明日を生きるヒント
ヤマザキマリ 388

「生きていれば、きっといつかいいことがあるはずだ」――先を見通せない不安と戦う今、明るく前向きに生きるヒントが詰まった「昭和」の光景を、様々な角度から丁寧に思い出しながら綴った、ヤマザキマリ流・生き方指南。